集英社オレンジ文庫

ゆきうさぎのお品書き

祝い膳には天ぷらを

小湊悠貴

本書は書き下ろしです。

もくじ

イラスト／イシヤマアズサ

序章　冬を迎える店開き

十二月一日、零時《れい》三分。

小料理屋「ゆきうさぎ」のバイトを終えた玉木《たまき》碧《あおい》は、いつものように自宅をめざして愛用の自転車を漕《こ》いでいた。

五年前、高校入学のお祝いとして買ってもらったクロスバイクは、車体が軽いのでスピードも出しやすい。荷物搭載《とうさい》用のカゴを取りつけ、独自のカスタマイズを重ねながら、大事に乗り続けている。高校時代は毎日のようにこの愛車を漕ぎ、六キロ先の学校まで通っていた。大学は電車通学だから、出番は減ってしまっているけれど。

駅前から伸びる大通りを離れ、角を曲がると、一棟の建物が視界に入る。

戸建ての家と小さな公園に囲まれた、五階建ての小規模なマンション。碧が小学校に上がる直前に、両親が思いきって購入した自宅がそこにある。速度を落とすと、むき出しの頬《ほお》に容赦《ようしゃ》なく吹きつけていた冷たい風も弱まったのでほっとした。

三階の角部屋は、閉じられたカーテンの隙間からほのかな光が漏《も》れている。

(お父さん、まだ起きてる。朝早いのに)

自分はもう二十一で、小さな子どもではない。けれどバイトをはじめてから、父はいつも碧が帰るまで眠らずに待っている。過保護だなと思う反面で、娘のことを心配してくれているのがわかるので、こそばゆくも嬉《うれ》しい。

マンションの敷地内に入った碧は、まずは駐輪場に向かった。所定の位置に自転車を停めて鍵をかけ、顔を上げたとき、カゴの中に入っていた小さな袋が目に入る。

――さっき雪村《ゆきむら》さんがくれたもの……。

雪村大樹《だいき》は、二年半前から碧がバイトをしている「ゆきうさぎ」の店主だ。碧より七つ年上で、まだ二十代だが、先代女将《おかみ》である祖母のあとを立派に継いでいる。彼のたしかな料理の腕と温厚な人柄に惹《ひ》きつけられるお客は多く、碧もそのひとりだった。

そういえば、今日の大樹はなんだか様子がおかしかった。

普段は落ち着いているのに、妙にそわそわしていたような。体調でも悪いのかと思ったが、本人は否定したから違うのだろう。そしてバイトを終えた碧が帰ろうとしたとき、なんの脈絡もなくこの袋をカゴに入れたのだ。

中は帰ってから確認してくれと言われたので、まだ触れてもいない。

碧は毛糸の手袋をつけたまま、袋を手にとってみた。

大樹にはあまりにも不似合いな、可愛《かわい》らしい水玉模様の紙袋。手のひらに載るくらいの大きさで、なぜかくしゃくしゃでしわだらけだ。親指に少し力を入れると、ふにゃりとやわらかな感触が伝わってきた。首をかしげながら、つい何度も揉《も》んでしまう。

（うーん。なんだろう？　でもこの感触、覚えがあるような）

ふいに夜風が頬を撫《な》で、小さなくしゃみが飛び出した。冬を迎えた深夜はコートをはおっていても、体の芯から凍ってしまいそうな寒さだ。とりあえずは家に帰ろうと、碧は袋とバッグを手にしてエントランスに向かった。

エレベーターで三階に上がり、静まり返った廊下を、できるだけ足音を立てずに進んでいく。最奥の三〇一号室にたどり着くと、ダッフルコートのポケットからキーホルダーにつなげた鍵とスマホをとり出した。右手の手袋をはずし、いつもと同じくメッセージアプリで大樹に帰宅を知らせてから施錠《せじょう》を解く。

「ただいまー……」

そっとドアを開き、スニーカーを脱いで家に上がる。リビングに入った瞬間、ソファに座ってテレビを観ていた父、浩介《こうすけ》の肩が小さく震えた。

「あ、ああ。おかえり」

ふり返った父の声は、あきらかに動揺していた。無意味に眼鏡を押し上げる。

テレビの画面に映し出されていたのは、ドラマか映画のワンシーンのようだった。目鼻立ちがくっきりした、セーラー服姿の女の子が、碧もよく知る大物女優を相手に勇《いさ》ましく啖呵《たんか》を切っている。女の子の名前は知らなかったけれど……。

（ん？　でもこの子の顔、どこかで――）

「お父さんがこういうの観るなんてめずらしいね。普段はニュースかドキュメンタリーばっかりなのに。深夜ドラマ？」

「いや……映画のＤＶＤだよ。帰りがてらに駅前の店で借りてきて」

「ふーん。おもしろい？」

「うん、まあ、そうだね。まだ最後まで観てないから、なんとも言えないな」

曖昧《あいまい》に答えながら、父はリモコンに手を伸ばした。映像を止めて腰を上げ、そそくさとデッキからディスクを抜きとる。すぐにケースの中に戻し、レンタルショップの袋に入れてしまったので、タイトルもわからなかった。

――あからさまに隠されると、やはり気になる。

じっと見つめていると、父がごまかすように咳《せき》払いをした。

「ほら、帰ってきたならお母さんに挨拶《あいさつ》してきなさい。お風呂も沸《わ》いてるから」

「はーい」

興味はあったが、触れられたくないのなら、しつこく追及するのも気が引ける。

ぐるぐると巻きつけたマフラーをはずし、コートを脱ぎはじめた碧の横をすり抜けた父は、寝室ではなくリビングとつながっているキッチンに入った。冷蔵庫や戸棚を開け、ごそごそと何か探している。

「どうしたの？」

「ちょっと小腹がすいてね。会社の子たちと居酒屋に行ったはいいけど、飲んでばかりでそんなに食べなかったから」

千葉で生まれ育ち、大学の薬学部を出た父は、都内の製薬会社で研究員として働いている。管理職についているので、部下を食事に連れていくことも多かった。だからいろいろな店を知っているけれど、特にお気に入りなのはやはり「ゆきうさぎ」らしい。

「簡単な夜食でもつくろうか？　わたしもお腹《なか》減っちゃったし」

「あれ、賄《まかな》いは？　大ちゃんのところで食べてきただろう」

父が不思議そうに小首をかしげる。

「わたしもあんまり食べられなかったんだよ。考えごとしてたから」

自他ともに認める大食いの碧だが、あのときは大樹の様子が気になって、食事に集中できなかったのだ。

大学に入る少し前に母が亡くなってから、玉木家のキッチンは碧が管理している。

（どうしようかな？　お肉とかだと、お父さんにはちょっと重いよね）

夜中だろうとなんでもいける自分はともかく、五十二歳になる父に脂《あぶら》っこい料理はきついだろう。朝起きたときに胃もたれさせるわけにもいかない。

使える食材はあっただろうか。記憶をたぐりながら、碧はまずリビングに隣接している和室に入った。母の仏壇《ぶつだん》に手を合わせ、ただいまの挨拶をする。それからキッチンに入って何が残っているかをたしかめていると、ふいにぴんとくるものがあった。

(そうだ！　あれをつくってみよう。このまえ雪村さんから教わったもの)

何日か前の閉店後、大樹は余っていた食材を使って賄いをつくってくれた。おいしかったのでレシピを訊《き》いて、メモをとっていたのだ。バッグの中からレシピを記したノートを引っぱり出した碧は、流しで手を洗ってから、必要な食材を調理台に集めた。

肉じゃが好きの父のために、玉木家には常にじゃがいもがストックされている。

煮物には崩れにくいメークインが適しているが、ほくほくとした食感を求めるなら男《だん》爵《しゃく》がいい。蒸し上がったばかりの、熱々の皮つきじゃがいもを割った瞬間、ほわっと立ちのぼる白い湯気。そこに風味豊かなバターを落とし、とろとろに溶けたところをすかさず口に――ああ、考えただけでお腹が鳴る。

「明太子《めんたいこ》とかクリームチーズでもいいなあ……」

うっとりと妄想にふけっていた碧は、我に返って作業を再開する。

ストックしていたのはメークインでも男爵でもなく、北海道産のキタアカリ。男爵薯《いも》を改良して生まれた品種で、中は黄色く甘みがあり、ビタミンCも豊富に含まれている。

じゃがいもは茹《ゆ》でたり蒸したりしたほうが、食感はよくなるけれど。なにぶん時間がかかるので、電子レンジを使うことにする。濡らしたキッチンペーパーに包み、さらにラップでくるんで加熱した。

じゃがいもは熱いうちに皮をむき、ボウルの中でつぶしていく。絹《きぬ》ごし豆腐もキッチンペーパーで包み、電子レンジで水分を飛ばした。豆腐は水切りしなくても使えるが、ひと手間を加えたほうが料理中に崩れにくくなり、味も濃くなるそうだ。

マッシュポテトには豆腐、そして片栗粉《かたくりこ》を加えてよく混ぜ、粘りを出す。

（お父さんはこのままで。わたしはチーズを入れたいな）

粗熱《あらねつ》をとったタネは丸く成形し、そのうちの半分には溶けるチーズを挟みこむ。熱したフライパンにバターを落とすと、じゅわじゅわと音を立てながら溶けていった。形をととのえたタネをのせて、焦げ目がつくまで両面をこんがりと焼き上げる。

仕上げに醬油《しょうゆ》を絡ませて、お皿に移せば完成だ。バターと醬油のいい香りがただよう中で父を呼ぶと、嬉しそうな顔をしながら近づいてくる。

「お待たせしました。雪村さん直伝、特製いも餅《もち》でーす！」

碧は ダイニングの椅子《いす》を引いた父の前に、できたての料理を盛りつけたお皿を置く。

「居酒屋で見かける料理だね。前に食べたの、いつだったかな」

同じ名前の郷土料理は各地にあるが、今日は大樹から教わった通り、広く知られている北海道版でつくってある。いも団子とも呼ばれていて、カボチャなどを使うこともあるそうだ。じゃがいもは開拓時代の主食で、そのころから愛されているとか。

碧が向かいの席に腰を下ろすと、父は「いただきます」と言って箸《はし》をとった。平べったく丸めたいも餅を、上品に切り分けて口に運ぶ。

何度か咀嚼《そしゃく》して飲みこむと、父はにっこり笑った。

「うん、やっぱりできたてはいいね。じゃがいものほかにも何か入ってる?」

「お豆腐だよ。オーソドックスなものには入れないけど、これもなかなかいけるでしょ。それじゃわたしも」

碧は父よりも豪快《ごうかい》に、そのまま箸で挟んでかじりついた。

熱々の生地にはでんぷんと片栗粉が入っているため、お餅のようにもっちりしている。歯を入れたとたん、表面に染みこんだバターと醤油の味わいが口の中に広がった。豆腐のおかげでふんわりしていて、中に挟みこんだチーズのとろけ具合も絶妙だ。塩気があるからビールのおつまみにすれば、さらに食が進むだろう。

「ああ、おいしい……。お夜食最高」

「腹持ちもよさそうだね」

碧が表情をゆるませれば、正面に座る父の顔もほころぶ。

自分のために料理をするのもいいけれど、こうして誰かのために腕をふるい、それをよろこんで食べてもらえるのも幸せなことだと思う。

「ごちそうさま。おいしかったよ」

父が後片づけをしてくれると言うので、碧はその間にお風呂に入った。ドライヤーで髪を乾かし、眠る支度を終えてひと息つくと、勉強机の上に置いた袋に手を伸ばす。なんだかんだでタイミングを逃し、中を見ることなくこんな時間になってしまった。

(何が入ってるのかな……)

ベッドのふちに腰かけた碧は、少し緊張しながら、慎重にテープをはがしていく。ほどなくして中から出てきたのは、髪をまとめるためのシュシュだった。布地は光沢のある水色で、手ざわりはつるりとしていてなめらかだ。

「わぁ、可愛い!」

シュシュには金色の小さなチャームがついていた。スマートな猫の形をしている。

碧はチャームを指先で軽く揺らしてみた。大樹からこういったものをもらうのははじめてだったから、嬉しくてどこかくすぐったい。前にお気に入りのシュシュが破れてしまった話をしたので、それを憶えてくれていたのかもしれなかった。

――雪村さんは、何を思いながらこれを買ったのだろう。

以前に碧がプレゼントしたエプロンのお礼だと言っていたから、特に深い意味はないのかもしれない。どこのお店で、どんな経緯で購入したのかも想像できない。こういったものを売っている場所と大樹がどうにも結びつかないのだ。

けれどもし、「ゆきうさぎ」で使う食材を吟味《ぎんみ》するときのように、真剣に選んでくれたのなら――

「そうだ。お礼!」

帰宅の連絡しかしていなかったため、碧はあわててスマホに飛びついた。

しかし、時刻はすでに深夜の二時。メッセージだけ送っておこうかと思ったが、夕方にはまたバイトがある。お礼はそのときに言うことにして、碧は部屋の電気を消した。シュシュは机の上に置き、ベッドの中にもぐりこむ。

暗くなった室内は冷えこんでいたが、不思議と寒さは感じなかった。あたたかい何かが心を満たしているからだろう。

朝起きたら、あのシュシュをつけて出かけよう。

そう思うと楽しみで、まるで遠足前夜の子どものように、興奮してなかなか眠りにつくことができなかった。

それから十数時間後の、十六時四十分。

大学の講義を終えた碧は、最寄り駅まで戻ってくると、西口の改札から外に出た。

小料理屋「ゆきうさぎ」は商店街のはずれにある。車道に面していて、向かって右は薬局、左は生花店に挟まれた小さな店だ。夜の営業は十八時からなので、外に暖簾《のれん》は出ていない。すでに日が暮れているため、街灯の光に照らされている。

店の軒下《のきした》に目を向ければ、そこには二匹の猫が並んで座っていた。黒と白の大きな体でふてぶてしい顔つきをしたほうが武蔵《むさし》、小柄な茶トラが虎次郎《こじろう》だ。

どちらも碧の気配に気づいたが、立ち上がって駆け寄ってきたのは虎次郎だけだった。人なつこい甘え声をあげながら、碧の足首にすり寄ってくる。もうとっくに大人のはずなのに、いつまでたっても仔猫のようだ。大きな丸い目が愛らしく、体もあまり大きくならなかったので余計にそう見える。

大樹をはじめ、商店街の人々にエサをもらっているせいか、武蔵も虎次郎も野良猫のわりには毛並みがよかった。いまの時期は冬毛が生えてふかふかだ。抱き上げて撫でてみたかったが、これから仕事があるので、さわるのは我慢する。

「今日は冷えるねー。あったかい寝床、ちゃんと見つけた？」

腰をかがめて話しかけていると、のっそりと立ち上がった武蔵が近づいてきた。太めの尻尾を揺らしながら、意味ありげに碧のまわりを一周する。なんとなく、髪の毛のあたりを見られているような気がして、碧はシュシュをつけた結び目に手をやった。

「可愛いでしょ。雪村さんがくれたんだよ」

同意してほしかったのに、武蔵はうんともすんとも言わない。しかしいつものように鼻で笑うこともなく……なんだろう。どこかほっとしているように見える。

意図がわからず小首をかしげたとき、出入り口の格子戸《こうし》が開いた。

「──雪村さん」

「タマ？」

店の前でしゃがみこむ碧を見て、大樹は軽く目をみはる。

普段は黒い服が多いけれど、今日はめずらしく襟《えり》つきの白いシャツ姿だ。袖《そで》は肘《ひじ》までまくり上げられていて、レストランやホテルのウェイターのように、右手で二枚のお皿を持っている。夏ごろに碧が買ったエプロンが、いまではすっかり馴染《なじ》んでいた。

「おはようございます。寒いですね！」

「もう師走《しわす》だしな」

その場に膝《ひざ》をついた大樹は、手にしていたお皿を地面に置いた。すかさず武蔵と虎次郎が近づき、盛りつけられたエサを食べはじめる。魚の切り身などを出す日もあるが、ほとんどは栄養バランスのよい市販のキャットフードだ。

二匹を微笑《ほほえ》ましく見つめていると、ふいに視線を感じた。大樹と目が合う。

「あ、昨日はこのシュシュ、どうもありがとうございました。夜のうちにお礼言っておこうかなって思ったんですけど、時間が遅かったから」

「紙袋、しわだらけだっただろ。その……ずっとここに入れてたせいで」

大樹は少し気まずそうな表情で、自分のエプロンに目を落とした。お腹のあたりについている大きなポケットの中に、ずっとしまっていたらしい。どうりで――と納得すると同時に、ひとつの予想も浮かび上がる。

――ゆうべの雪村さんがどこか挙動不審だったのは、もしかして。

シュシュを渡すタイミングを計っていたから、なのだろうか。都合のいい考えなのかもしれないが、あながち間違ってもいないような気がして、ほんわかとした嬉しさがこみ上げてくる。七つも歳《とし》が上なのに、もしそうだったら可愛いなと思ってしまう。

「こういうことには詳しくないから、タマの好みがわからなくてさ。気に入らなかったらどうしようかと思ってたんだけど」

碧は「まさか！」と首をふった。前のめりになって力説する。

「すごく嬉しかったですよ。だってほら、こうやってすぐにつけたくなるくらいだったんだから。それに水色好きだし！　猫も可愛いし！」

(それに何より、雪村さんからもらったものだし！)

大樹は一瞬あっけにとられた顔になったが、すぐに小さく噴き出した。

「だったらよかった」

心なしか声をはずませた大樹は、ゆっくりと腰を上げた。

エサを食べ終わった武蔵と虎次郎もまた、その場を離れる。寝床へ帰るのか、二匹仲良く通りの奥へと消えていく。その姿が見えなくなると、碧は大樹と一緒に店の中へと入った。優しい照明の光とあたたかな空気にほっとする。

「わ、いい匂い。何をつくっていたんですか？」

「冬瓜《とうがん》と豚バラの味噌《みそ》煮。あとは金目鯛《きんめだい》とレンコンの煮つけ」

「煮汁が染みこんだお魚って最高ですよねえ。白いご飯ともよく合うし」

「下田《しもだ》近海の地金目が特に美味《うま》いけど、あれは市場にほとんど出回らない高級品だからな……。うちで扱ってるのは、伊豆《いず》諸島沖でとれた沖金目。地金目にはかなわなくても、金目鯛は冬が旬だから、脂がのってじゅうぶん美味いぞ」

「身もふっくらしてますしね」

直前まで仕込みをしていたらしく、店内にはおいしそうな香りがただよっていた。醬油に味噌、みりんに砂糖、そして鰹《かつお》と昆布《こんぶ》の合わせ出汁《だし》。それらを使って大樹が手づくりする素朴な家庭料理を求めて、今宵《こよい》も多くのお客が暖簾をくぐることだろう。

「そういえば、外に貼り紙が貼ってありましたよね。バイト募集の」

「夜中につくったんだよ。なかなか寝つけなかったから、その間に」

「え、じゃあ睡眠不足？　何か悩みごとでも？」

「もう解決した」

それだけ言うと、大樹は碧に背を向けた。厨房《ちゅうぼう》に向かうその背中をきょとんとしながら見つめるが、すぐにはっと我に返る。自分も急いで仕事の準備をしなければ。

脱いだコートを抱え、従業員用の小部屋に行こうとしたときだった。

まだ開店前だというのに、出入り口の戸が開く音。ふり返った碧は、そこに立つ人物を見るなり、ぽかんと口を開ける。

「――あの」

彼が手にしているのは、大樹が外の壁に貼りつけておいた一枚の貼り紙。

「お願いします。おれをここで雇ってください！」

第1話　親子丼が結ぶ縁

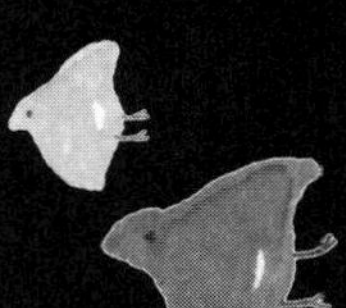

『スタッフ募集
業務内容　接客・調理補助
時給　千円以上（応相談）
勤務時間　十時～十四時三十分
週四日・もしくは三日入れる方　未経験者も歓迎　交通費・食事支給
委細面談　詳しくは採用担当者までお問い合わせください』

大樹《だいき》がそんな求人広告を出したのは、いまから七時間ほど前のこと。

これまで働いてくれていたアルバイトのひとり、ミケこと三ケ田菜穂《みかたなほ》が今月末で退職するため、代わりとなる人を雇う必要があった。雑誌やフリーペーパーを使うと掲載料がかかるので、店の前と商店街の掲示板に貼り紙を貼ることにしたのだ。

――それにしても、こんなにはやく反応があるとは。

菜穂が去るまで、あとひと月。新しく雇う人には、それまでにある程度の仕事を覚えてもらいたい。だから応募者が来てくれたのはありがたいことなのだが……。

大樹はテーブルを挟んだ向かいに座る「応募者」を、まじまじと見つめた。

『おれをここで雇ってください！』

大樹が貼った貼り紙を手にして、店に入るなりそう言った彼は、見るもあらわに緊張していた。ジャンパーを脱ぎ、体をかたくして座る彼の格好は、なんの変哲もないパーカータイプのプルオーバーにジャージのズボン。唇はきゅっと引き結んでいるが、視線は落ち着きなくあちこちをさまよっている。

大樹はできるだけおだやかに、相手をおびえさせないよう問いかけた。

「きみ、名前は？」

びくりと肩をふるわせた彼は、しどろもどろになりながらも返事をする。

「す……鈴原《すずはら》、です。鈴原郁馬《いくま》」

「歳《とし》はいくつ？」

「十六です！」

今度はあらかじめ答えを用意していたかのように、即座に返事がきた。

カップを運んできた碧《あおい》を見上げれば、彼女は眉を下げ、戸惑いの表情を浮かべている。きっと自分も同じ顔をしているに違いない。どうしたものかと思いつつ、これを言わなければ話が進まなかったので、口を開く。

「たしかにバイトは募集してるんだけどな。さすがに小学生は……」

「しょ、小学生なんかじゃありません。十六です。高一です！　その、ええと、ちょっと人よりチビで童顔なだけで！」

――それはいくらなんでも、無理がありすぎる。

必死で言い張っているが、郁馬が嘘《うそ》をついているのは明白だった。

彼の身長は碧よりも低く、おそらく百五十センチ弱。数年後には凜々《りり》しくなるかもしれないが、顔立ちはまだあどけなく、可愛《かわい》らしいという印象が際立つ。正確な年齢は推《お》し量れないものの、大樹の目には小学校の五、六年生ほどに見えた。童顔だったとしてもせいぜい中学生で、高校生はありえない。

頑張って低い声を出そうとしているが、声変わりもまだのはず。それで大人をだませるはずがない。おそらく本人もわかっていると思うのだが。

「きみが本当に高校生だったら、学生証を持ってるよな。保険証でもいい。年齢がはっきり証明できるものがないと、雇うことはできないよ」

労働基準法では、義務教育中の就労は基本的に認められていない。子役や新聞配達といった一部の例外はあるが、ほとんどが違法だ。小中学生を働かせて賃金を支払っていたことが発覚すれば、雇用主は当然、罪に問われる。

子どもにも理解しやすいよう、嚙《か》み砕いて説明すると、郁馬はしゅんとうなだれた。小さな声で「ごめんなさい」とつぶやく。これでも押し通してきたらどうしようかと思ったが、納得してくれたのならよかった。

「それで、本当は何歳なんだ？　ああ、大丈夫。いくつでも怒らないから」

「十一歳です。ごめんなさい……」

もう隠すつもりはないのか、郁馬は消え入るような声で言った。

これ以上追いつめる真似はしたくなかったが、続く言葉が浮かばない。お互い黙りこんでしまい、気まずい空気が流れる。

遊びやイタズラには見えなかったから、郁馬は本気で働きたかったのだろう。

しかし――なぜ？

「……」

このまま家に帰すこともできたが、どうにも気になる。考えた末、大樹は碧がテーブルに置いたマグカップのひとつを、郁馬の前へと押し出した。湯気立つカップの中には、碧に頼んで用意してもらったココアがそそがれている。

「鈴原くん、だったかな。甘いものは好きか？」

「は、はい」

「じゃあこれ、熱いうちに飲んでおけ。タマがつくったココアは美味《うま》いから」

大樹の意図を汲《く》んでくれたのか、碧が笑顔で言い添える。

「蓮《れん》さん……パティシエの友だちからおいしくつくるコツを教わってね。牛乳と生クリーム、あとお砂糖とバターがちょっとだけ入ってるんだよ。おいしいから飲んでみて」

ココアを見つめていた郁馬は、やがてこくりとうなずいた。カップを手にとり、おそるおそる口をつける。生クリームとバターがとろけた、濃厚なココアの甘さが緊張を解きほぐしたようで、いまにも泣き出しそうだった表情が少しだけ明るくなった。

大樹と碧は顔を見合わせ、ほっと安堵《あんど》の息をつく。郁馬がココアを飲み終えたところを見計らい、ふたたび話しかけた。

「何か買いたいものでもあるとか？」

「え？」

「バイトの理由。働きたいってことは、欲しいものがあるんじゃないのか？」

折しも今日から十二月。クリスマスを控え、店にはプレゼントの候補となる品々がずらりと並べられている。特有のムードに購買意欲をそそられて、散財しがちな時期。小学生とはいえ、興味の幅が広がる高学年ともなれば、玩具《おもちゃ》以外にも欲しいものはたくさん出てくることだろう。

自分にも経験がある。高価なものが欲しければ小遣いを貯《た》めて買うか、誕生日やクリスマスを指折り数えながら待った。祖父母は優しかったが、あらかじめ両親から釘を刺されていたらしく、孫可愛さになんでも買い与えることはしなかった。当時は思い通りにいかずに拗《す》ねたけれど、過剰に甘やかさず育ててくれたことに、いまでは感謝している。

(でもさすがに、十歳かそこらでバイトがしたいとまでは思わなかったな)

――というより、考えたことすらなかった。だから気になるのだ。遊びたい盛りの郁馬がなぜ、その歳で働きたいと思ったのかを。

「……お金は欲しいけど、買いたいものはないです」

意外な答えに、大樹は両目をしばたたかせた。つまり貯金が目的ということなのだろうか。年齢のわりに堅実すぎやしないかと、内心で驚く。

「貯金がしたいのか。どうして?」

郁馬はその質問には答えなかった。歯を食いしばり、沈黙の鎧《よろい》をまとっているのが見てとれる。言いたくないことを無理に聞き出すつもりはなかったので、大樹もそれ以上突っ込むことはしない。

「とにかく、バイトがしたかったら中学を出るまで待つんだ。きみはまだ小学生なんだから、いまは働くよりも友だちと遊んで――」

「それじゃ遅いよ……」

郁馬は悔しそうに唇を噛んだ。

はやく大きくなりたい。彼の全身からは、そんな思いがあふれ出ている。この年頃の子どもは心身ともに成長著《いちじる》しく、大人扱いをしてほしくて背伸びをしたがるものだ。けれど郁馬の場合はただのあこがれではなく、もっと切実な何かを感じた。深い事情がありそうだったが、無遠慮に問いただすのも気が引ける。

（とりあえず、今日のところは家に帰そう）

もう日が暮れているし、家族が待っているなら心配しているかもしれない。

大樹が口を開きかけたとき、静まり返った店内に奇妙な音が響いた。弱った鳥が力をふりしぼって助けを求めているような音は、鳥ではなくて腹の虫。反射的に碧を見たが、彼女はあわてて首を横にふる。

「わ、わたしじゃないですよ。だってさっき、駅前の回転寿司《ずし》でデザート込みの二十皿食べてきたし！」

「二十皿!?　すげー！」

驚きの声をあげた郁馬が、はっと我に返ってうつむいた。碧でも大樹でもないということは、お腹《なか》をすかせているのは彼ということになる。

「お給料が入ったから奮発したんだよ。ほんとはもっと食べたかったんだけど」

「まだ食べられるんだ？　すげー……」

碧に尊敬のまなざしを向けていた郁馬は、大樹と目が合うと恥ずかしそうに視線をそらす。夕飯前だし、育ち盛りの身にココア一杯では足りなかったのだろう。空腹なら菓子でも出そうかと思ったが、それで夕飯が食べられなくなっても困る。

「お寿司かぁ……。八皿くらいならいけるかなー」

そんなことをつぶやきながら、郁馬はズボンのポケットに手を入れた。むき出しのまま突っ込んでいた、四つ折りの千円札を広げる。大樹たちの視線に気がついた彼は、「お母さんからもらったんです」と言う。

「仕事で帰りが遅くなるから、夕飯はこれで何か買ってきなさいって」

郁馬は商店街の近くにある家に、夏ごろ引っ越してきたそうだ。母親が働いていて忙しいので、ひとりで食事をとることはよくあることらしい。今日は夕食を調達しようと駅ビルに向かって歩いていたら、「ゆきうさぎ」の貼り紙を見つけたとか。

「そういうときは、いつも何を食べてるんだ？」

「お弁当とかおにぎりです。ハンバーガーはダメで、お米を食べろって。あ、でもちゃんとご飯つくっておいてくれるときのほうが多いから」

母親が責められているとでも思ったのか、郁馬はあわててフォローを入れる。

(父親がいないのか?)

彼の話を聞く限り、鈴原家は母親の収入で生活をしているようだった。父親やきょうだいについてはまったく触れないから、母ひとり子ひとりなのかもしれない。

それ自体は特にめずらしいことでもなかったが、郁馬が今夜、何を食べるのかは気になった。成長期だし、栄養がかたよるようなことがあってはいけない。お節介だとは思ったが、大樹は「なあ」と声をかけた。

「よかったら、うちで食べていかないか? ランチタイムは終わったけど、食材はあるから特別につくるよ。千円あればじゅうぶん足りる」

「え。けどお店、まだ開いてないし……」

「気にするな。これも何かの縁だから」

戸惑う郁馬に、大樹は今週のランチメニューを手渡した。

定食のおかずは、手づくりのタルタルソースをたっぷりかけた牡蠣《かき》フライに、丁寧な下ごしらえで苦味をおさえた、豚肉とゴーヤーの味噌《みそ》炒《いた》め。そしてゴマ油で焼きつけ、ニンニク醬油《じょうゆ》をかけた木綿《もめん》豆腐のステーキだ。どんぶりものは地鶏《どり》を使った親子丼で、どれも千円以内で食べられる。一人前なら余裕でつくれるはずだ。

メニューを見つめていた郁馬は、やがてゆっくりと顔を上げた。遠慮がちに口を開く。

「あの……。おれ、親子丼が食べたいです」

「了解。ちょっと待ってろよ」

大樹はにこりと笑うと、碧をともなってカウンターの内側に入る。

「親子丼は俺がつくるから、タマは夜の仕込みの続きをしておいてくれ」

「わかりました。おまかせあれ！」

元気よく答えた彼女は、頼もしくびしっと敬礼した。頭に巻くためのバンダナを手に、少しはずれた音程で鼻歌をうたいながら奥の厨房《ちゆうぼう》へと消えていく。

昨日にやっとの思いで渡した髪留め（シュシュという名前らしい）が、碧の後頭部であたりまえのように馴染《なじ》んでいた。それを渡すまでにさんざん悩み、いざ渡してからも反応が気がかりで、ずっとそわそわしていたのだ。どうにも格好悪いし、余裕がないと思われたくもなかったので、本人には言えないが。

さっそくつけてきたということは、本当に気に入ってくれたのだろう。安堵すると同時に嬉《うれ》しくなって、仕事のやる気もさらに湧く。なんだか遠い昔に過ぎ去った思春期を思い出してしまい、苦笑した。いい歳をして、それはさすがに図々しいか。

そんなことを考えながら、大樹は冷蔵庫に手を伸ばした。

（卵と鶏肉、あとはタマネギと三つ葉を――）

家庭料理としても馴染み深い親子丼は、いまから百三十年近く前、明治時代に東京の老舗《しにせ》軍鶏《しゃも》料理店で生まれたとされている。当時のお客のひとりが、残った軍鶏鍋を卵でとじて食べたことをきっかけに考案されたそうだ。料理店は親子丼発祥《はっしょう》の店として現在も営業しているので、足を運べばいつでもその味を堪能《たんのう》することができる。

親子丼の魅力は、出汁《だし》がきいた煮汁に、ふわっとした卵の食感。そしてやわらかく煮た鶏肉の味わい。できたての熱々をおいしく食べてもらいたい。

大樹は冷蔵庫からとり出した鶏モモ肉をまな板の上に置き、包丁を手にする。

鮮度のよいモモ肉は、火が通りやすいよう小さめのそぎ切りに。こうすることで煮詰まりにくくなり、煮汁が染みこみやすくもなる。皮をむいたタマネギは薄く切り、上に飾る三つ葉も二センチほどの長さに切った。

それから特売で購入した平飼い卵を二個、殻《から》を割ってボウルの中で溶きほぐす。

（下ごしらえはこれでよし。次は……）

戸棚から出した銅製の親子鍋は高価だが、アルミやステンレスよりも熱伝導率が高くて使いやすい。醤油とみりん、そしてだし汁を混ぜ合わせた割り下を鍋に入れ、火にかけて煮立ててから、モモ肉とタマネギを加えた。

肉に火が通ったところを見計らい、溶いた卵を二回に分けて回しかける。

あとはこれまでの経験がものを言う。卵がほどよく半熟になった瞬間を見極めて、どんぶりに盛りつけておいた白飯の上にすばやく具材を移した。仕上げに彩りよく三つ葉を飾り、粉山椒《こさんしょう》を軽くふりかける。親子丼ができあがると、小鉢にほうれん草のお浸しを盛りつけた。それらを盆の上に載せてテーブル席に運ぶ。

「お待たせ。ちゃんと野菜も摂《と》るんだぞ」

どんぶりを置くなり、小さな歓声があがる。白い湯気に出汁の香り、そしてひと目見てわかる、半熟卵の絶妙なとろけ具合。「いただきます！」と言って箸《はし》をとり、親子丼を口にした郁馬は、幸せを嚙みしめるかのように目尻を下げた。

「うわ、すっげーおいしい！　卵がとろとろ……」

「粉山椒がふってあるけど、大丈夫か？」

「平気です。むしろこっちのほうがいいかも」

嬉しそうに笑った彼は、勢いをつけて親子丼を食べはじめた。米粒もほとんど残らないほどきれいに完食し、お浸しもしっかり平らげる。

「――ごちそうさまでした！」

満足した様子で郁馬が箸を置いてまもなく、十八時になった。

「大ちゃん、元気かー？　おお、子どもがいるなんてめずらしいなぁ」

「こんばんは、彰三《しょうぞう》さん」

戸が開いて年配の常連が入ってくると、郁馬はあわてて立ち上がった。長居をしてしまったとでも思ったのか、急いで帰り支度をする。カウンターの隅《すみ》にあるレジに小走りで駆け寄った彼は、よれよれの千円札を出しながら言った。

「あの、今日はいろいろすみませんでした。あと親子丼おいしかったです」

「気に入ったなら、また来てくれると嬉しいな」

大樹がお釣りを渡すと、郁馬は小さく頭を下げた。見送るために一緒に外へ出ると、前の歩道は帰宅途中の会社員や学生たちでにぎわい、活気に包まれている。

「気をつけて帰れよ」

「はい。ありがとうございます」

郁馬の顔はお腹が満たされたおかげなのか、最初に会ったときよりも血色がよくなっていた。答える声も溌剌《はつらつ》としている。

雑踏にまぎれて遠くなる背中を見送っていると、ふいに建物の陰から武蔵《むさし》が姿をあらわした。エサを食べ終えて寝床に戻ったと思っていたが、まだこのあたりをうろついていたようだ。その視線は郁馬が去っていった方角に向けられている。

「気になるのか？　あの子のこと」

「……」

武蔵はちらりと大樹を見上げた。しかし答えることはなく、もの言いたげな顔つきで尻尾を揺らす。この不思議な猫はときどき、とても人間臭い表情を見せる——そう思ったとき、引き戸が静かに開かれた。碧がひょいと顔を出す。

「雪村《ゆきむら》さん、どうかしました？　なかなか戻ってこないから、何かあったのかなって」

「ああ、悪い。なんでもないよ」

肩をすくめた大樹は踵《きびす》を返すと、碧のあとに続いて店内に戻った。


一週間後、「ゆきうさぎ」にふたり目のバイト希望者があらわれた。

「こちら、履歴書です。よろしくお願いします」

ランチタイムの営業を終え、夜に向けての準備時間。大樹は二日前に電話をしてきた希望者と、テーブルを挟んで向かい合っていた。彼女が提出した履歴書を広げた大樹は、もっとも大きく書かれている氏名の欄を見て、はてと首をかしげる。

——「鈴原」？

めずらしいと思ったが、最近、同じ苗字《みようじ》を持つ人と会ったような。

記憶をたぐり寄せると、先週に出会った少年の顔が思い浮かんだ。ふたたび目を落とした履歴書には、希望者である女性の住所や経歴といった表面的な情報が、丁寧な筆致で記されている。

鈴原百合《ゆり》。年齢は今年で三十六。

東京の短大を出て企業に就職しているが、四年後に一身上の都合で退職。職歴にはその後、九年ほどの空白がある。三年前からふたたび働き出して、現在は大樹もよく行く駅ビル地下のスーパーに勤めているようだ。

(既婚者……だよな)

履歴書を両手で渡されたとき、左の指に銀色のリングが光っているのを見た。シンプルなデザインで、石はついていなかった。薬指にはめていたから、おそらく結婚指輪なのだろう。顔を上げた大樹は、黒髪をひとつにまとめ、緊張の面持ちで椅子《いす》に腰かけている百合に目を向ける。

身に着けているのは、薄茶色のタートルネックセーターに膝《ひざ》下丈のタイトスカート。体つきはほっそりしていて、おとなしめで上品そうな人だった。切れ長の目が印象的で、きれいな造作の持ち主だとは思うが、どうにも生気に乏しく感じる。

疲れているのか、目の下のクマが化粧で隠しきれていない。頬紅《ほおべに》で顔色をよく見せようとしていたが、明るすぎるその色は、彼女にはあまり似合っていなかった。

そんな様子を見ているうちに、大樹はなぜか既視感を覚えた。ややあって「ああ……」と思い出す。

碧と似ているのだ。いまの元気な彼女ではなく、はじめて会ったときの碧と。

(タマもあのとき、こんな感じだった)

母を喪《うしな》ったショックで打ちひしがれていた碧の姿が、現在の百合と重なる。

精神的な苦痛は、肉体の不調も引き起こす。当時の碧は食欲をなくしていたせいで満足な栄養がとれず、頬がこけてげっそりしていた。目の下のクマもひどく、いつ倒れてもおかしくないような状態だった。だから放っておけず、体力のつく料理をつくっては食べさせて、あれこれ世話を焼いたのだ。

当時の碧ほどではないにしろ、目の前の女性からも似たような危うさを感じる。心配になった大樹は、「鈴原さん」と呼びかけた。

「履歴書を見ると、すでに仕事はお持ちのようですが。そこを辞めてこちらに?」

「いえ、できればかけもちさせていただきたくて」

百合は少しだけ身を乗り出し、言葉を続ける。

「スーパーの仕事は夕方から夜までなので、昼間は空いているんです。週四日で働けますし、家から歩いて七、八分なので交通費はかかりません。料理の腕は人並みですけど、お手伝いはできるかと」

だから雇ってほしいと、彼女の目が強く訴えかけている。

「でも、かけもちは体力的にきついんじゃ」

「大丈夫です！」

テーブルに両手をついた百合は、両目をギラギラさせながら大樹に迫った。

「私、学生時代は陸上部で長距離を走ってましたから。体力には自信があります。接客も立ち仕事もレジ打ちパートで慣れてます！」

「そ、そうですか」

はかなげな見た目とは裏腹に、バイタリティはありそうだけれど……。

ここで働きたいと言ってくれるのはありがたいが、やけに切羽詰まっている感じが気になった。パートとはいえ、彼女は仕事をひとつ持っている。その稼ぎでは足りないほど生活が苦しいのだろうか。既婚であれば配偶者がいるはずだが、相手の収入に頼る様子がないことも、なんらかの関係がありそうだ。

考えていると、ひとつの懸念が湧き上がってくる。

もしや家人に黙って家を飛び出し、職を探しているのではあるまいか。

住みこみ仕事の応募者の中に、まれにそういった人がいる。商店街の会合で、以前にそんな話になったことがあった。昔ながらの人情味にあふれた店主が多いから、たとえ素性が知れなくても、相手の人柄を気に入れば雇っているとか。

祖母が生きていたころ、「ゆきうさぎ」でも複雑な境遇の女性が働いていた。

二年ほど真面目に勤めていた彼女は、この店で知り合った男性と親しくなり、めでたく結婚に至った。相手は「ゆきうさぎ」が取引している近所の酒屋の息子だったので、嫁《とつ》いでからもときどき夫婦で食事にやってくる。一年前に子どもが生まれてからは、世話が忙しいようで、奥さんの足は遠のいているけれど。

祖母を身内のように慕い、笑顔で料理に舌鼓《したつづみ》を打つ。そんな彼女を、祖母はいつも優しげなまなざしで見守っていた。

(でも、本当に家出人だったらどうする？)

採用するなら、雇用主としてある程度の事情は知っておきたい。しかし、まだ面接の段階で、他人のプライベートに立ち入っていいものなのか。かといってこのまま雇い、あとになって問題が出たら大変だし――

悶々《もんもん》とする大樹の心情を察してか、うなだれた百合がつぶやいた。

「お金が必要なんです」

「え……」

百合はわずかに顔を上げた。視線でうながすと、言いにくそうに続きを話す。

「身も蓋《ふた》もない話ですみません。でも実際、普通に生活するにも子どもを育てるにもお金がかかります。本当は正社員として勤めたくても、この歳ですから。手に職があるわけでもないし、非正規の仕事をかけ持つくらいしかできなくて」

肩を落とした百合は、小さなため息をついた。そこには大樹の知らない彼女の苦悩が凝縮されているように感じる。

求人における年齢制限は禁じられたが、だからといって誰もが歓迎されるほどの売り手市場ではない。資格はなく経験にも乏しい。年齢を重ねた上にブランクまである百合が正規で採用されるのは、残念ながらむずかしいと思われる。

『お金に困っている人は、できるだけ雇ってあげたいの』

在りし日の祖母の言葉が、耳の奥でよみがえる。

『もちろん、捜索願が出されている人とか、罪を犯して逃げているような人だったら話は別だけど。そうじゃなくて生活に困っている人なら、助けになりたいでしょ。とはいっても高いお給料を出せないのが心苦しいところよね』

二代目店主となった大樹にも、祖母の遺志はしっかり受け継がれている。

不躾《ぶしつけ》だとは思ったが、大樹は「失礼ですけど」と話しかけた。

「鈴原さん、結婚されてますよね？　ご家族は……？」

「夫はいますが別居してます。子どもは小五の息子がひとり。ちょっとその……事情がありまして、いまは私の実家に身を寄せているんです」

「お子さんと一緒に？」

「ええ」

彼女はそれ以上の詳細は語らなかったが、深い事情を抱えていることはじゅうぶんに察せられた。そして「小五の息子」という言葉。苗字を聞いたときは偶然だろうと流したけれど、百合が郁馬の母親である可能性は高い気がする。

『お金は欲しいけど、買いたいものはないです』

脳裏《のうり》に郁馬の顔が浮かぶ。

そういえば彼も、百合と同じようなことを言っていた。生活が苦しいことを実感していたから、バイトをしたいと考えたのだろうか……。

「あの……いかがでしょうか。雇っていただけるのでしたら、一生懸命働きます」

不安になったのか、彼女の声はすっかり弱気になってしまった。

——わけありなのは間違いないが、悪い人ではなさそうだ。

経歴はおそらく事実だろうし、これまでの会話を聞く限り、仕事をする上での問題はないと思った。こちらが提示した条件もクリアしている。

大樹は履歴書をテーブルの上に置いた。相手の顔をまっすぐ見据え、ひとつうなずく。

「わかりました。採用させていただきます」

「あ、ありがとうございます。頑張ります！」

立ち上がった彼女が、これからよろしくお願いしますと言って頭を下げる。

かくして「ゆきうさぎ」は、新年を迎える前に無事、新しい仲間を迎えることに成功したのだった。


「じゃあまたね。バイバーイ！」

下校時間を迎えると、ランドセルを背負った生徒たちが、開かれた校門を通って我先にと外に出る。静かだった通学路がにぎやかになり、活気に包まれた。

今日は朝から気温が低く、空はどんよりと曇《くも》っている。吹きつける冷たい風に首をすくめながら、子どもたちはあたたかな家をめざし、それぞれの方向へ散っていく。

「うっひゃー！　寒っ！」

郁馬の右隣で、一緒に下校しているクラスメイトのひとりが大きなくしゃみをした。

九月に転校してきたとき、戸惑う郁馬に最初に声をかけてくれた友だちだ。気が合ったので仲良くなり、暇さえあれば休み時間や放課後に遊んでいる。

「なあ、今日は空いてる？　公園でサッカーやらない？」

「この寒さで!?　ムリムリ！　見ろよ、雪が降りそうじゃん」

中学生に間違われることがあるほどの体格なのに、冬が何よりも嫌いな彼は、冗談じゃないとばかりに首をふる。

「オレは帰る。帰ってコタツの中でゲームやる」

「あっそ」

断られることはわかっていたので、郁馬も軽く答える。

先月あたりから、外に遊びに誘ってＯＫをもらえたことはほとんどなかった。体育の授業でマラソンがあるたびに、この世の終わりとばかりに嫌がるくらいだ。彼の両親は商店街でパン屋を経営していて忙しいから、気を遣って家に行くこともできない。自分も友だちを家に呼べない理由があるので、お互いさまなのだけれど。

（じゃあ、こっちはどうかな？）

左隣を歩いていたもうひとりの友だちを見ると、先回りして「僕も無理」と言われてしまった。

「塾があるから」

「うげー。塾なんか行かなくても頭いいのに」

「お母さんがうるさくてさ。受験受験って。ま、別にいいんだけど。勉強さえしてればよろこんでお菓子とか出してくれるし」

「おれはヤダなぁ……」

「郁馬はもうちょっと頑張ったほうがいいと思う。算数とか」

受験までは一年以上もあるのに、難関の私立中学に入るには、いまから勉強漬けにならなければいけないのか。自分にはとてもできそうにない。

結局どちらからも断られてしまい、がっくりしていると、どこからかピリリリという甲高い音が聞こえてきた。秀才のほうの友だちが、コートのポケットからキッズ用の携帯をとり出して耳にあてる。

「――うん、終わったよ。どこにいるの？」

少し話して通話を切った彼は、「お母さんが待ってる」と肩をすくめた。

「この先で車停めてるって。帰りの会が長引いたからなー」

どうやら塾まで送っていくため、近くで待ち構えているらしい。少し遠い場所にある進学塾だと聞いたので、家に帰らず向かわなければならないのだろう。軽く手をふり、去っていく友だちを見送ると、冬嫌いの友だちがしみじみと言った。

「これから塾でみっちり勉強か。あいつも大変だよなあ」

「うん」

「オレたちフツーでよかったな」

郁馬は答えず、曖昧《あいまい》に笑った。彼はそうかもしれないけれど、自分の家はたぶん「フツー」ではないと思ったからだ。母と祖父母からはむやみに話すなと言われているので、友だちは何も知らない。

「そんじゃ、また月曜日にな。このまえ貸したマンガの続き、持ってくから」

「先生にバレないように気をつけろよ。先週、めっちゃ怒られたじゃん」

「わかってるって！」

商店街に帰る彼と別れると、郁馬の足どりはとたんに重くなった。

学校からいま住んでいる家までは、歩いて約十五分。大きな神社の近くに、母方の祖父母が暮らす一軒家がある。母は仕事で九時過ぎまで帰ってこないから、今夜もどこかで食糧《しょくりょう》を調達しなければ。

ことさらゆっくり歩き続け、角を左に曲がると、前方に大きな鳥居があらわれた。

奥まで参道が伸び、木々に囲まれたそこは、近所では有名な樋野《ひの》神社だ。年が明けたらここに初詣《はつもうで》に行こうと、友だちと約束している。三が日に出る屋台のたこ焼きがおいしいとのことで、いまから楽しみにしていた。

平日のせいか、神社の周囲はしんとしていた。お参りに来たらしい、腰が曲がったおばあさんがひとり、鳥居をくぐって帰っていく。

(初詣、お母さんとも行きたいけど)

でもきっと、母はお正月も仕事だろう。わがままは言えない。

鳥居の前でぼんやり立ち尽くしていると、近くで落ち葉を掃いていた男の人が、ほうきを持つ手を止めた。白い着物に水色の袴《はかま》を穿《は》いているから、たぶん神社の人だ。

背が高く、がっしりとした体型。ひょろりとした自分の父とは大違いだ。

顔は怖かったけれど、優しく笑った男の人は、「こんにちは」と声をかけてきた。

「学校帰り?」

「あ、はい」

「兎縁《とえにし》小学校の子かな。だったらうちの娘と同じだね」

男の人がそう言ったとき、背後から軽快な足音が聞こえてきた。ふり向くと、赤いランドセルを背負った二年生くらいの女の子が、郁馬の横を駆け抜けていく。

「パパ、ただいまー！」

「おかえり。遅いから心配したよ」

「えー、昨日ママに言ったよ？　今日は飼育当番だから、うさぎさんのおうちの掃除をしてくるよって」

「聞いてないぞ……。朱音《あかね》のやつ、また言い忘れたな」

男の人が拗ねたように口をとがらせると、女の子は「パパ、大人げなーい」と言って笑った。苦笑した男の人と手をつなぎ、父親に甘えながら、参道の奥へと歩いていく。楽しそうなその様子はまぶしくて、腹が立つほどうらやましかった。

――おれだってあの子みたいに、毎日お父さんと会って話がしたいのに。

郁馬は無意識に歯を食いしばり、とぼとぼと家路についた。

「ただいま……」

神社からほど近い家に帰ると、玄関で祖母と鉢合わせた。

「あら、遅かったのね」

これから出かけるのか、紺色の着物姿で風呂敷包みを持っている。母のお母さんだから顔は似ているけれど、性格はぜんぜん違う。

壁にかけられた鏡で衿元《えり》を直しながら、祖母はそっけない声で続けた。

「いつものお教室に行ってくるから」

「わかった。いってらっしゃい」

「あの人は六時ごろに帰ってくると思うけど。仕事で疲れているだろうし、邪魔はしないでね。ゆうべは夜中に百合と一緒になってドタバタしてたでしょう。うるさくて眠れやしないって怒ってたわよ」

「……ごめんなさい。気をつけます」

（昨日はアレが出たんだよ。お母さんが退治してくれたけど）

心の中で言いながら、出かけていく祖母を見送る。

祖母が何を習っているのか、郁馬は知らない。話してもらったことがないし、訊《き》いたこともないからだ。でも、「お教室」のあとに友だちと食事に行って、遅くまで帰ってこないことはわかる。あの人――祖父のご飯はつくっておくが、母と自分のぶんは用意していないということも。

『百合と郁馬は、いつまでうちにいるつもりなのかしら』

引っ越してひと月ほどたったころ、偶然聞いてしまったのだ。真夜中に、リビングで祖父母がかわしていた会話を。

『そりゃあ、事情を知ったらかわいそうだとは思うわよ。なんたって実の娘と孫ですからね。でも、選んだのはほかでもない百合じゃないの。この不景気に町工場の嫁なんて苦労するからやめなさいって、私はさんざん反対したのに』

『百合はなんて言っているんだ』

『ある程度のお金が貯まったら、アパートにでも移るって。けどあの子の歳じゃいい仕事は見つからないだろうし、長引くかもしれないわね』

『来年は建て替えがあるんだがな……』

『さすがにそれまでにはどうにかしてもらわないと。新しい家が建ったら、義彦《よしひこ》の家族がこっちに来るのよ？　義彦の家になるんだから、百合たちまで同居はさせられないわ』

――おじいちゃんとおばあちゃんは、おれたちのことが邪魔なんだ。

少し前、家に遊びに来ていた従妹《いとこ》の女の子を、祖父母はとても可愛がっていた。あんな顔、自分には一度だって見せてくれたことがない。なんでだろうと思っていたけれど、祖父母の会話を聞いてわかってしまった。

郁馬は靴を脱ぎ、家に上がった。二階には六畳の洋室がふたつあり、昔は母とその兄が使っていたそうだ。いまはその二部屋を、母と郁馬で借りている。一部屋は荷物でいっぱいなので、実際に生活しているのはもう一部屋のほうだった。

この家は郁馬にとって、あまり居心地がよい場所ではない。

歓迎されていないとわかってからは、必要以上に祖父母と話すのをやめた。変なことを言ってもっと嫌われたら、母ともども追い出されてしまう。

でも本当にそうなったら、父のところに帰りたい。

けれどそれがむずかしいことは、郁馬にもわかっていた。父は生きているが、一緒に暮らせない理由があったから。そしてそれが郁馬のためを思っての行為だということも、なんとなく感じていた。

『すまない、郁馬。窮屈《きゅうくつ》な思いをさせるけど、待っていてほしいんだ』

引っ越す前、父と母は自分に向けて頭を下げた。

『お父さんとお母さん、頑張って働くから。お金を貯めて、必ずまた一緒に暮らせるようにする。だからそれまで待っていてくれないか』

『離れ離れになるけど、お父さんに会えなくなるわけじゃないからね』

ランドセルを下ろした郁馬は、机の上に置いてあった貯金箱を手にとった。月に一度もらえるお小遣いの残りを、少しずつ入れてはいるのだけれど。

「軽いなぁ。ぜんぜん貯まってないや」

台所には食材がたくさんあるが、郁馬が食べてもいいのは母が買ったものだけだ。祖父母のものには手を出せない。

　母は仕事がある日でも、郁馬のために食事をつくる。朝は簡単に、昼は給食があるからいいけれど、夕食まで準備すると疲れてしまう。だから週に一回か二回、これで何か買ってきなさいと言ってお金をくれた。

　貯金箱には、先週もらった千円の残りも入っている。

　このまえ食べた親子丼は、税抜きで六百円だった。余ってはいたが節約したい。

「おにぎりでも買おうかな」

　郁馬は硬貨を数枚、ジャンパーのポケットに突っ込んだ。合鍵でドアを閉める。

　時刻はもうすぐ十六時。ぶらぶらと歩いているうちに、足は自然に駅のほうへと向かっていた。大通りに出ると人の行き来も多くなる。

　駅の周囲は買い物客でにぎわっていた。

　小さな店が集まる商店街は、前に住んでいた家の近くにはなかったので新鮮だ。友だちの両親が経営しているパン屋をガラス越しにのぞくと、お客さんがふたりいた。焼きたてパンのおいしさは知っているが、夜は白いご飯を食べたい。

　近くの肉屋からは、香ばしい揚げ物の匂いがただよってくる。自家製のコロッケを売っていて、学校帰りの中学生たちが、買ったばかりのそれにかぶりついていた。

（いいなあ……）

郁馬はごくりと生唾《つば》を飲みこんだ。あれをおかずにしてもいいかもしれない。

ふいに背後から肩を叩かれる。ふり向いた郁馬はぎょっとして目を剝《む》いた。

「ぎゃっ！」

真後ろに立っていたのは、不気味としか言いようのない、ド派手なピンクの着ぐるみうさぎ。真っ赤な口の端は薄笑いを浮かべていたが、目が完全に死んでいる。不吉な気配をまとっていて、悪い夢かホラー映画にでも出てきそうだ。

カラフルな風船を持つうさぎは、胸元にリボンがついた赤いケープをはおっていた。頭にはもちろんサンタ帽子。クリスマスを意識しているようだが、こんなサンタは嫌だ。

「会長、やっぱりダメですって。毎回毎回、怖がられるほうが多いじゃないっすか」

着ぐるみが喋《しゃべ》った。隣に立つおじいさんが「うーん」とうなる。

「といっても、ほかにちょうどいいマスコットがいないし……。とりあえず少しでも愛されるために努力してくれよ、慎二《しんじ》くん」

「やりますよ。やりますけどね」

肩をすくめたうさぎは、あぜんとしている郁馬の前でわざとらしくポーズを決めた。黄色い風船をひとつ押しつけると、次のターゲットに向かって突進していく。

「うわあああん！　来ないでー！」

（ダメじゃん……）

半泣きで逃げ出す女の子に同情しつつ、郁馬はうさぎからもらった風船を見上げた。白い文字で「兎縁町商店街クリスマスセール」と書かれている。幼稚園児じゃあるまいし風船なんて。でもまあ、たまにはいいか。

肉屋の三軒隣には、小さな洋菓子店があった。プリンが人気の店で、母がおやつに買ってきてくれたことがある。

ガラスのショーウインドウには、大きなポスターが貼られていた。

『クリスマスケーキのご予約　承《うけたまわ》ります』

そういえばここ数カ月、ケーキなんて食べたことがなかった。最後に口にしたのは、六月にあった自分の誕生日に父が買ってきてくれた、スーパーで売られている安いカットケーキだ。それでも嬉しくて、ひと口ひと口、大事に食べた。

もうすぐ年に一度のクリスマス。

クラスの友だちは、プレゼントは何をもらうかという話題で盛り上がっている。頑張って働いている母に、お金のかかるものが欲しいとは言えない。でも、ケーキくらいならねだっても大丈夫だろうか。

しばらくその場から動けずにいると、洋菓子店のドアがいきなり開く。

中から出てきたのは、口元にひげを生やし、コックのような白い服を着たおじさんだった。目をぱちくりとさせる郁馬の前に、おじさんは小さなお皿を差し出す。

「坊や、甘いものは好きか？」

「え？」

「だったらほら、これ食べな。新作の試食品だから遠慮はいらんぞ」

よくわからないけれど、くれると言うのだからもらっておこう。

お礼を言った郁馬はおずおずと手を伸ばし、小さく切り分けて爪楊枝《つまようじ》で刺したケーキを口に入れる。淡い緑色の生地はしっとりしていて、濃厚なチーズの味とよく合っていた。

「何が入ってるんですか？　バナナかな」

「これはアボカドを練りこんだベイクドチーズケーキ。どうだ、美味いだろ」

口を動かしながらうなずくと、おじさんは嬉しそうに笑った。お皿に残っていたほかの試食品も食べさせてくれる。

「こっちはキャラメルナッツタルト。胡桃《くるみ》とアーモンド、あとピスタチオが入ってる。このバタークリームサンドはうちの息子と娘が開発したものでさ……」

次から次へとすすめられ、気がついたときには試食品をすべて平らげていた。

「あの……ありがとうございました。すごくおいしかったです」

「おう。次は買ってくれよ」

そう言ったおじさんは空になったお皿を手に、店へと戻っていった。

少しずつとはいえ、久しぶりにケーキが食べられて得をした。まだ口の中に残る甘さと香りを楽しんでいると、足下のあたりで「にゃあ」という声が聞こえてきた。視線を落とせば、黒と白の大きな猫がこちらをじっと見つめている。

(うわー。ぶさいくな猫)

目つきが悪いせいで、なんだかにらまれているみたいだ。でも毛並みはやわらかそうだったから、さわってみたくなる。しかし郁馬が手を伸ばしかけると、猫はフンと鼻を鳴らして歩いていってしまった。

「少しだけだよ。さわらせてってば」

信号が青になり、猫は人間と同じように横断歩道を渡った。あとを追っていると、洋菓子店の向かいに建つ店の前で、ふいに猫が立ち止まる。

「あ……」

そこにあったのは、一軒の小料理屋。一週間前、バイトがしたいと言って突撃した店だった。外に貼り出されていたアルバイト募集の貼り紙は見当たらない。

(ほかの誰かに決まったのかな)

思い返せば恥ずかしい。あまりにも無茶なことをしたから。小学生が高校生のふりをするなんて無理に決まっているのに。

でもあの店にいたお兄さんたちは、嘘をついた自分を叱らなかった。甘いココアを飲ませてくれて、卵がとろとろの親子丼もつくってくれた。できればまた食べてみたいが、もう一度あそこに入っていく勇気はさすがにない。

猫がふたたび動いた。引き戸に近づき、爪をたててカリカリと引っかく。

「あ、こら。そんなことしちゃダメだって」

とっさに声をかけたとき、音に気がついたのか、静かに戸が開いた。

「――ああ、やっぱり武蔵か」

あらわれたのは、あのお兄さんだった。驚く様子もなく、猫に話しかけている。

その視線がついと動き、近くに立つ郁馬をとらえた。お兄さんは自分を覚えていたらしく、親しげに笑いかけてくる。

「一週間ぶりだな。元気にしてたか?」

「は、はい」

「今日もお母さんは仕事?」

そうですと答えると、お兄さんは貼り紙が貼ってあった場所に目を向けた。

「さっきな、働きたいって人が来てくれたんだよ。だから募集は終わり」

「よかったですね」

新しいバイトの人が決まっても、もう自分には関係のないことだ。気のない返事をすると、お兄さんは腰をかがめ、意味ありげにこちらの顔をのぞきこんできた。

「その人、夕方から夜はスーパーで働いてるって言ってたな。うちの近所に両親と一緒に住んでいて、小五の息子がいるって」

「えっ」

郁馬の反応を見て、お兄さんは確信したように続ける。

「鈴原百合さん――もしかして、きみのお母さんじゃないのか」

思いがけないその言葉に、郁馬は目を丸くした。


「ただいま。疲れたー」

二十一時半過ぎ、母が仕事から帰ってきた。宿題の算数ドリルを解いていた郁馬は、鉛筆を動かす手を止めて顔を上げる。

母は駅ビルのスーパーで、週五日、十六時から二十一時まで働いている。それでは足りないと言って、朝の五時から八時までは近くのビルで清掃のバイトをしていた。昼間は空いていたが、このうえさらに仕事を増やすのか。

カーペットが敷かれた床にバッグを置き、コートを脱いだ母は、めずらしく小ぎれいな格好をしていた。いつもは髪もお化粧も適当で、穿き古したジーンズ姿で家を飛び出していく。おかしいなと思っていたが、面接があるからだったのだ。

郁馬の両肩に手を置いた母は、机の上に広げられたノートをのぞきこむ。

「宿題やってるの？　算数？」

「うん。図形の問題、ぜんぜんわかんないや。お母さん教えてよ」

「だめだめ。こういうものは自分の力で解かなくちゃ」

「そんなこと言って、ほんとはお母さんもわかんないんだろ」

「失礼ね。可愛い息子の将来を思ってのことです」

軽く頭を小突いてくる母からは、嗅《か》ぎ慣れた香りがした。郁馬と同じシャンプーと、ほのかな石鹼《せっけん》の匂い。嗅いでいるとほっとする。

「あ、そうだ。お母さん、今日面接に行ってね。新しい仕事が決まったの」

「……へえ。どこに？」

「小料理屋さんよ。商店街にある『ゆきうさぎ』ってお店。ほら、前においしいプリン買ってきたことあったでしょ。そのケーキ屋さんの向かい。まあ、郁馬みたいな子どもがひとりで行けるお店じゃないけどね」

「……」

母は先週、郁馬がその店をたずねたことを知らない。

バイトをしようとしたことが伝わるのは嫌だったので、店主の大樹には内緒にしておいてほしいと頼んである。バレてしまったら、母はきっと驚く。そしてショックを受けるだろう。だから知られたくない。

「ちょっと仕事、詰めこみ過ぎじゃない？　体とか大丈夫？」

「へっちゃらよー。なんたって高校生のときは陸上部期待のエースで……」

「何十年前の話だよ」

「うるさいわね。とにかく、郁馬が心配することは何もないの！」

腰に手をあてた母は、えらそうにふんぞり返った。

「これで月のお給料も増えるし、クリスマスは何かおいしいものでも食べようね。仕事があるから外食するのは無理だけど、ローストチキンをまるごと買うとか！」

「おれ、ケーキが食べたいな。丸太みたいなチョコのやつ」

「いいわねえ。桜屋《さくらや》さんで予約しておこうか」

「ショートケーキでもいいよ。苺《いちご》がのって、生クリームがたっぷりの」

母が帰ってきてから、郁馬が眠りにつくまでの一時間。

短くても、こうしてなんてことのない会話をかわすひとときが好きだった。朝は母が仕事に行っているから、顔も合わせることができない。でも夜なら好きなだけ話せるし、母も自分にかまってくれる。

「あ、いけない。顔洗ってこなきゃ」

はっとした母が、自分の頬を両手で包みこむ。

「久しぶりにばっちりお化粧したから、肌が乾いちゃって。お風呂入ってくる」

タンスの引き出しを開ける母に、郁馬は「お母さん」と呼びかけた。

「ご飯食べた？」

「ん？　まだだけど、そんなにお腹すいてないかなー。あとで適当に食べるから、宿題が終わったらお布団敷いて寝なさいね」

郁馬の髪を乱暴に撫《な》でまわした母は、タオルと着替えをかかえて部屋を出ていく。その姿を見送った郁馬は、少しの間を置いて立ち上がった。祖父母の迷惑にならないよう、音を立てずに階段を下って、リビングとつながった台所に入る。

——お母さんは、引っ越しをしてから痩《や》せてしまった。

正確な体重は知らないけれど、少なくとも郁馬の目にはそう見えた。外では仕事をかけもちして忙しく働き、家では祖父母に気を遣っているせいだ。郁馬の前では元気にふるまっているが、かなり無理をしているのではないかと思う。

(何ができるだろう。おれは。お母さんのために)

もっと大きければよかったのに。小学生じゃなくて、せめて高校生だったら。バイトをして、少しは母を助けることができたかもしれないのに……。

ため息をついた郁馬は、炊飯《すいはん》ジャーを開けた。祖父母が食事をしたあとに、母が買ったお米を二合、炊《た》いておいたのだ。鮭《さけ》フレークを混ぜこんだそれをラップで包み、両手で握って形をととのえる。でも、母のようにきれいな三角にはならなかった。

「……ま、いっか」

コンロの上には、蓋をした片手鍋。中には家庭科の教科書を見ながらつくった味噌汁が入っている。調理実習では煮干しで出汁をとったが、家にはなかった。しかたなく粉末出汁を使って味噌を溶かし、角切りにした豆腐を入れ、仕上げに卵を割り落としてみた。

「ちょっとしょっぱいかなあ……?」

あたため直した味噌汁を味見して、首をひねる。

こんなことなら、もっと真面目に授業を受けていればよかった。調理実習では友だちとふざけてばかりいて、結局同じ班の女子がほとんどつくってくれたのだ。もちろん、先生にはあとでガッツリ怒られた。

平皿には、いびつなおにぎり。そしてお椀《わん》には湯気の立つ味噌汁。

母がお風呂から出る時間を見計らい、それらをお盆に載せた郁馬は、足音を忍ばせて二階に戻った。ローテーブルの上に置いて三分もしないうちに、ドアが開く。

「あら、いい匂い……」

濡れた髪をタオルで拭きながら入ってきた母は、テーブルに並べられたお皿を見るなり驚いたように目を丸くした。

「え、なにこれ。郁馬がつくったの？」

「たいしたものじゃないけど」

「たいしたものでしょ！　やだ、どうしよう。すっごく嬉しい！」

大げさなまでによろこんで、母は郁馬をぎゅうっと抱きしめた。やわらかいぬくもりに嬉しくなった反面、恥ずかしくもなり邪険に腕から逃れる。

「なあに、照れることないじゃない」

「照れてない！　と、とにかく食べなよ。冷めるだろ！」

はいはいとうなずいた母は、クッションの上に腰を下ろした。おにぎりをひと口かじった瞬間、口元がゆるむ。

母は何度もおいしいと言って、しょっぱい味噌汁も一滴残らず飲み干してくれた。もっと練習して、次は自信を持って出せるご飯をつくろうと心の中で決意する。

「――ごちそうさまでした。お腹いっぱい」

食事を終えると、母は満足そうに両手を合わせた。

「郁馬も成長してるのねえ。こうやってご飯をつくってくれるなんて。ありがとう」

「べ、別に……」

誰でもつくれるものなのに、母の表情は本当に幸せそうだった。照れくさくて視線をそらしたが、お化粧を落とした素顔の青白さが気にかかる。目の下のクマもくっきりと浮かび上がっていた。お風呂のあとなら血色がよくなっているはずなのに。

その顔色は食事をとっても変わらない。胸の奥に不安が渦巻き、郁馬は遠慮がちに声をかけた。

「お母さん……。ほんとに体調、問題ないの？」

「だから大丈夫だってば。ご飯もちゃんと食べてるじゃない。心配性ね」

母は郁馬の言葉を笑い飛ばし、布団を敷きはじめた。

寝る支度をして、郁馬と母は冷たい布団にもぐりこむ。隣の布団で横になっていた母はすぐに眠ってしまったが、郁馬はいつまでたっても寝つくことができなかった。


百合が「ゆきうさぎ」で働くようになってから、十日ほどが経過した。

「いらっしゃいませ。あいにく混雑しておりまして、相席でもよろしいでしょうか」

ランチタイムを迎えると、店内の席は仕事の休憩時間にやってきたお客で、あっという間に埋まっていく。この時間はひとり客が多く、テーブル席と座敷では見知らぬ者同士の相席になることもよくあった。

「大ちゃん、ミケちゃんが辞めちゃうってほんと?」

もっとも忙しい時間帯を乗り越え、十三時を過ぎたころ。カウンター席の中央でカレーうどんをすすっていた四十代の常連客が話しかけてきた。

「ええ、今月末で。新しい仕事が決まったんですよ」

先代仕込みのカレーうどんにはココナッツミルクが入っているため、口当たりがよくマイルドな味わいだ。子どもにも安心して食べさせられると、主婦に人気の品でもある。

このところ、「ゆきうさぎ」でカレーを使った料理が増えているのは、明らかに碧の影響だった。自分がつくった料理を彼女がおいしく食べる姿が見たくて、ついつい好物を取り入れてしまうのだ。

カレーうどんを頼んだ常連はかなりの辛党だったので、カウンターに置いてある一味唐辛子をこれでもかとふりかけていた。用意した調味料をどう使うかはお客の好みにまかせているが、舌は大丈夫なのだろうかと心配にもなる。

そんなことを思う大樹をよそに、常連は激辛カレーうどんを涼しい顔で平らげていく。

「残念だなー。俺、ミケちゃんの隠れファンだったのに」

「辞めてもお客として来てくれるそうですから、また会えると思いますよ」

「だったらさびしくないかな。――――で、新しい人を雇ったってわけか」

菜穂の後継としてランチタイムに働きはじめた百合は、思っていた以上に物覚えがよかった。接客の経験があるためお客の応対にも慣れているし、レジ打ちはお手のもの。大樹では気づきにくい、女性ならではの細やかな気配りもしてくれる。

「あの人、名前はなんていうの？」

「鈴原さんです。鈴原百合さん」

「ふうん。タマ、ミケ、クロと来て、お次はスズちゃんか。けっこう美人だねえ」

「旦那《だんな》さんとお子さんがいる人ですから、口説くのは遠慮してくださいね」

やんわりと釘を刺すと、バツイチ独身の常連客は「それは残念」と笑った。こうして軽口を叩けるのも、長いつき合いがあって信頼関係を築くことができてこそ。

昼間はともかく、酒類を出す夜は注意が必要だ。

アルコールで気が大きくなるのか、ついはめをはずしたお客が、碧や菜穂に絡んでしまうことはよくあった。どちらも酔客の扱いは心得ているから、相手を不快にさせないようにさらりとかわしている。それでもしつこくされた場合は、さりげなく間に入って彼女たちを守るのが、男である大樹と慎二の役目だ。

「旦那さんがうらやましいね。大ちゃん、見たことある？」

「いえ……」

鈴原家はなんらかの事情で、家族が別居している。彼女はそれ以上のことを語ろうとはしないので、大樹もたずねることはなかった。仕事ぶりは真面目だし、碧と菜穂、慎二たちとも友好的に接している。見ている限り、特に問題はなさそうだ。

そして十四時になり、ランチタイムが終了する。

余った食材で賄《まかな》いをつくり、百合がそれを食べている間に食器を洗う。しばらくして食事を終えた百合は、空になった皿を厨房に持ってきた。

「ごちそうさまでした。雪村さん、ちょっとお願いがあるんですけど」

「ん?」

「定食のコロッケ、よければ売ってもらえませんか?　子どもがよろこびそうなので」

「いいですよ。おからとカレー、どっちにします?」

「両方あれば……なんて。図々しくてすみません。お金は払いますから」

今週のお品書きには、二種のコロッケ定食を載せている。

ふかしてつぶしたじゃがいもに、自家製のおから煮を練りこんだポテトコロッケは、先代が存命だったころからの人気メニュー。

手づくりのドライカレーはそのままご飯にかけても立派な一品となるが、大樹はこれをマッシュポテトで包んで丸め、衣をつけて揚げていた。

ひき肉とタマネギ、ニンジンにピーマン、そしてほんの少しのニンニク。バターでじっくり炒め、こだわりのカレー粉を加えて仕上げたドライカレーが、さっくりとした衣を割った瞬間にスパイシーな香りをふりまく。

どちらのコロッケも仕込みの時間にタネをつくり、パン粉までつけた状態で冷凍保存していた。冷凍庫を確認すると、ふたつずつ残っている。自分で揚げるというのでタッパーに入れて手渡した。

「ありがとうございます。今晩のおかずにしよう」

百合は声をはずませてタッパーを受けとった。

「郁馬くんでしたっけ。今日は一緒にご飯、食べられるんですか？」

「ええ。スーパーの仕事はお休みなので。そのぶん明日は朝からみっちりなんですけど」

「うちは土日、ランチタイムやってませんからね」

息子と食事ができることが楽しみなのか、百合の表情は明るかった。

「あの子ね、このまえ私にご飯をつくってくれたんです。おにぎりとお味噌汁。もうそんなことができるくらい大きくなったんだーって感動しちゃって」

普段はおだやかで冷静な彼女は、郁馬の話をするときに限って目が輝く。自慢の息子なのだろう。本人は「親バカでしょう？」と自嘲《じちょう》するが、嫌な感じはまったくしない。むしろ無邪気で微笑《ほほえ》ましかった。

『おれがこのお店に来たこと、お母さんには黙っていてくれませんか？』

二回目に会ったとき、郁馬は不安げな顔でそう言った。

母親を心配させたくないのだとわかったので、大樹も了承した。鈴原家の詳しい事情は知らないが、察することはできる。郁馬がなぜ現金を欲しがったのかは、これまでの百合との会話である程度の予想がついていた。

（それにしても）

大樹は百合に気づかれないよう、彼女の顔をのぞき見た。面接のときよりも明らかに化粧が濃くなっている。その下に、いったい何を隠そうとしているのか。

「――スズさん」

「は？」

（しまった。タマたちを呼ぶときの癖で）

ごまかすように咳《せき》払いをした大樹に、気を取り直して続ける。

「今夜は栄養をとって、ゆっくり休んでください。仕事を頑張るのはいいですけど、ほどほどにしないと。根を詰め過ぎて体調を崩したら大変だし」

「ご心配ありがとうございます。でも大丈夫ですよ。私ここ数年、風邪ひとつ引いたことありませんから！」

百合はことさら元気よく答え、力こぶをつくるように腕を動かす。

しかし、その言葉は強がりにすぎないと、大樹はすぐに知ることになるのだった。


翌、土曜日。大樹は早起きをして店内の掃除に取りかかっていた。

「年末の大掃除がはじまると、今年も終わりなんだなあって実感しますね」

大樹の隣で鍋を磨いていた碧が、しみじみと言う。

年の瀬に行う店内の大掃除は、一日では終わらない。何度かに分けて、少しずつ行っている。今日は調理器具の手入れと食器のチェックだ。

大樹は店で使っている食器とグラスをひとつずつ確認し、ひび割れや端が欠けていないかなどを丹念に調べていった。ついでに常連がキープしている酒瓶《さかびん》を見て、あらかじめ伝えておいた保管期限が過ぎているものは処分する。

「あ。このボトル都築《つづき》さんのだ」

何気ない碧の言葉に、大樹の眉がぴくりと動いた。くだんの客は先月から何度か店に足を運んでくれてはいるものの、目当ては料理や酒というより……。

「都築さんって、ああ見えてものすごくお酒強いですよねー。びっくりしちゃった」

「まあな。彰三さんとタメ張れるんじゃないか?」

「ですよね。実はちょっと前、一緒に飲みに行きませんかって誘われて」

「………へえ。それで?」

「その……結果的にはお断りを。理由はまあ、いろいろあって」

碧は眉を下げ、困ったような表情になる。

「雪村さんも知ってるでしょ? わたしはお酒、どっちかっていうと弱いほうだし。それに洒落《しゃれ》なバーとか居酒屋より『ゆきうさぎ』のほうが好きだから」

内心でほっとしながら、大樹はできるだけ冷静に「そうか」と答えた。

碧に対する気持ちを自覚してからというものの、それが表情や態度にあらわれていないかが気になってしかたがない。碧が誰と何をしようと自由なのに、いちいち反応してしまう自分もいる。

いっそ言ってしまおうかとも思ったが、そうすることで現在の関係が壊れてしまうのが嫌だった。前に足を踏み出せば、新しく生まれるものもあるだろう。しかしいまの距離感が思いのほか心地よいので、みずからその立ち位置を壊すことに抵抗があった。

それにこちらは、碧の雇用主なのだ。

ただの同僚ならまだしも、立場が違う。職場であるこの店で、店主の自分が碧を私情で甘やかしたり優遇したりしたら、同じ仕事をしているほかの従業員に不公平だ。もちろん気をつけるつもりだが、無意識にそうなってしまうかもしれない。

――だからあと少しだけ、このままで。

自覚をした以上、遅かれ早かれ、どこかで進まなければならないときは来る。それまでは、この微妙に近くて遠い距離感を守りたかった。

「よし、こんなところか」

食器のチェックを終えた大樹は、ゴミ袋を手に立ち上がった。店の横に一時保管しておくための箱があるのだ。外に出て保管場所に行きかけたとき、歩道の奥からこちらに向かって駆けてくる人影を見て、はっと息をのむ。

「郁馬くん！」

大樹の前で足を止めた彼は、見るもあらわに青ざめていた。上着すらはおっていない。

「あ、ゆ、ゆきうさぎのお兄さん」

「どうしたんだ。そんなにあわてて」

肩で息をしながら、郁馬はいまにも泣き出しそうな表情で言う。

「お、お母さんが。お母さんが倒れたって」

「えっ」

「さっき、仕事先の人から電話が。い、意識はあるから大丈夫だけど、動けないから休ませてるって。だからはやく迎えに行かなきゃ」

動転した郁馬は、つっかえながらも説明する。状況を把握《はあく》して、大樹は眉を寄せた。

「きみひとりで……？　おじいさんとおばあさんは？」

「昨日から旅行に行っちゃった。明日まで帰ってこないし、連絡先も知らない」

つまりいま、身内は彼だけしかいないのか。

たとえ迎えに行っても、子どもがひとりで病人を連れて帰るのはむずかしい。大樹はうろたえる郁馬の肩に手を置くと、腰をかがめて目線を合わせる。

「話はわかった。俺が車を出すから、お母さんを迎えに行こう」

あまり乗る機会はないのだが、運転免許は大学時代にとっていた。

「雪村さん、わたしも行きます！」

「じゃあ奥から鍵を持ってきてくれ」

碧から受けとった鍵で店を閉めた大樹は、郁馬をうながして裏に回った。庭の一角に停めてあった車の運転席に乗りこみ、百合が働いている駅ビルへ向かう。「ゆきうさぎ」から駅ビルまではほとんど距離がないので、二、三分もあれば到着する。

車を駐車場に入れてから、大樹たちはエスカレーターで地下に降りた。

電話をしてくれたスーパーの店長を見つけると、駅ビルスタッフ用の医務室に案内される。店長の話によると、百合はいつもと同じくレジ打ち業務にあたっていたが、とつぜん意識を失いその場に倒れてしまったらしい。

「すぐに意識が戻ったから、救急車は呼ばずに様子見しているんです。医務室の人はたぶん貧血だろうって言ってるけど、一度病院で診てもらったほうがいいと思いますよ。何かの病気とかだったら大変だしね」

「……」

苦い記憶が呼び覚まされる。貧血で倒れるなんて、まるで昔の碧のようだ。

うつむいた郁馬は唇を噛んだまま、何も言わない。医務室に入ると、ベッドの上で体を横たえていた百合が、大きく目を見開いた。

「郁馬に……雪村さんたちまで!? どうしてここに」

しばらく休んだおかげか、彼女の症状は思っていたほど悪くはなかった。血の気はないが、目つきや声はしっかりしている。大樹が経緯を話すと、百合は申しわけなさそうに「ご迷惑をおかけしてすみません」と言った。

「車で来たので、家まで送りますよ。立てますか?」

「はい……」

「急がなくても大丈夫ですからね」

碧に体を支えられながら、百合はおぼつかない足取りで歩き出した。

彼女を後部座席に乗せ、郁馬の案内でふたたび車を走らせる。

百合と郁馬が住む家は、樋野神社の近くにある庭つきの一戸建てだった。車から降りた百合はまだふらついていたので、大樹と碧は断りを入れて家に上がる。

「布団、敷きますよ。いいですか?」

大樹が準備をしている間に、百合は碧に手伝ってもらい、別室で着替えをすませた。楽な格好になった彼女が布団の中にもぐりこむ。

「何から何まで……。本当にすみません。お店のほうは平気なんですか？」

「まだ二時過ぎですから。夜の仕込みにはじゅうぶん間に合います」

百合がほっと息をついたときだった。それまで黙りこんでいた郁馬が口を開く。

「……だからこのまま訊いたじゃないか。体調は問題ないのって」

「郁馬？」

「大丈夫だって嘘ついて、無理ばっかりするから！　お母さんのバカ！」

叩きつけるように言った彼は、踵を返して部屋を飛び出した。

バタバタと足音を立てて階段を下りていく音。大樹と顔を見合わせた碧がひとつうなずき、あとを追った。

ぼうぜんとしていた百合は、やがて「私、何をやってるんだろう」とうなだれた。布団の上で両手のこぶしを握りしめる。

「お金さえあれば解決するって思ってたから。郁馬のためだったら、ちょっとくらい無理をしてもかまわないって。けど、ただの自己満足だったんですね。自分のせいで、あの子にあんな顔をさせてしまうなんて」

「鈴原さん……」

「あの子にはただでさえ、親の都合で我慢ばかりさせているのに」

しばしの沈黙を経て、百合はわずかに目線を上げた。少しためらったあと、意を決したように語りはじめる。

「私の夫は隣の市で、両親と一緒に小さな町工場を経営していたんです。でもバブルがはじけてからは、業績は悪化する一方で……。私が嫁いだときにはもう、資金繰りに右往左往するありさまでした」

その後も自転車操業でなんとかつないできたが、ついには従業員の給料も支払えなくなり、多額の借金をかかえたまま破綻《はたん》してしまったのだという。不景気のいまではあちこちで起こっているであろうことだが、百合とその夫の心情を思うと胸が痛む。

「失礼ですが、その借金はいまも……?」

「幸い土地を持っていたので、それを売ってほとんどは返せました。完済まではあと数年かかるでしょうけど、絶望的な額ってわけでもないので」

肩を落とした百合は、さらに話を続ける。

当時住んでいた家も売って返済に充《あ》ててしまったため、鈴原家の人々は引っ越しを余儀なくされた。古くて狭いアパートに百合夫婦と郁馬、そして夫の両親が身を寄せ合って暮らしていたという。その後、夫はなんとか新しい職を見つけ、百合と義理の両親も働きに出て家計を助けていたのだが――

「実は、義理の父が認知症になってしまって」

「……」

「思い返せば以前から、うっすらと兆候はあったんです……。それが大きな環境の変化とストレスで悪化してしまったみたいで。義母《はは》と私が介護していたんですけど、義父《ちち》は私と郁馬のことがわからなくなって、知らないやつらが家にいる、って……」

百合と郁馬は錯乱《さくらん》した義父に、出て行けと怒鳴りつけられた。

思い出してもらおうとしても無理だったと、百合は悲しげに言う。

あるとき、義母と百合が少し目を離した隙に、郁馬は腕に大きな痣《あざ》をつくっていた。本人は転んでぶつけたと言っていたが、それが嘘だというのは明白だった。

『別れたほうがいいのかもしれない』

ある日、百合は苦しげな顔をした夫から離婚を切り出された。

このまま同居を続ければ、百合と郁馬が心身ともに傷ついてしまう。離れて新しい生活をしたほうがいいと。自分たちのためを思ってくれたからこそ、百合は応じなかった。そして長い話し合いの末、郁馬を連れてしばらく実家に戻ることにしたのだ。

「離婚はしませんけど、あの家が郁馬を育てるのにいい環境じゃないってことはたしかでしたから。……でも結局、実家《ここ》も似たようなものだった」

さびしそうなつぶやきが、ぽつりと漏《も》れる。

だから彼女は多少の無理をしてでも、お金を稼ごうとしたのだろう。

必死で借金を返済している夫には頼れず、義理の母は介護だけで手一杯。頼みの綱だった実の両親には厄介者《やっかい》扱いされた百合は、一刻もはやく自立したかったのだ。誰の力を借りなくても、息子を立派に養っていけるように。

「夫と義母は、お金を貯めてもっと広い家に移ろうと考えているみたいなんです。それでもう少し環境がよくなったら、また一緒に暮らそうと」

百合はゆっくりと顔を上げる。

「義父の介護も、施設に頼むかヘルパーさんに手伝ってもらって、負担を減らそうって。すべて自分たちだけでやっていたら、下手をすればこちらが壊れてしまいますから。でもやっぱりお金がかかるので、頑張らないと」

事情を知ったいま、彼女の気持ちは理解できる。しかし——

「鈴原さん。だからといって無理はしないでください」

彼女の目をまっすぐ見据えて、大樹は言った。

「さっきの郁馬くんを見たでしょう。俺と会ったときも、お母さんが倒れたって、かわいそうなくらい取り乱してました。それだけあなたのことが大事なんですよ」

はじめて会ったときの郁馬の姿が、大樹の脳裏に浮かび上がる。彼もまた無茶をしたけれど、それも大好きな母を助けるためだったのだ。

「お金は生活になくてはならないもので、もちろん重要です。でも郁馬くんにとっては、お母さんがいつも元気で笑ってくれることが、もっとたいせつなんだと思います。鈴原さんにとっても同じなんじゃないですか？」

目を伏せた百合は大樹の言葉を嚙みしめるように、何事か考えている。

「郁馬くんはたぶん、鈴原さんが思っているほど子どもじゃない。お母さんの体を気遣って、自分に何ができるかを真剣に考えてる。だからあなたもその思いに応えて、自分をもっと大事にしてください。息子さんを悲しませないためにも」

「はい……」

か細い、しかし心のこもった答えが返ってきたとき、静かにドアが開いた。

「ほら、郁馬くん。お母さんに話したいことがあるんだよね？」

碧にうながされ、目を真っ赤に腫《は》らした郁馬が入ってくる。彼女とどんな話をしたのかはわからなかったが、表情は落ち着いていた。

「あの、お母さん……」

言いかけた郁馬は、大樹と碧を気にするような視線を向ける。察した大樹はそっと碧に目配せした。聡《さと》い彼女はすぐにこちらの意図を汲み、親子に笑いかける。

「それじゃ、わたしたちはこれで失礼します。夜の仕込みがありますので」

「雪村さんに玉木《たまき》さん、今日は本当にありがとうございました」

「しばらくは安静にして、ゆっくり体を休めてくださいね」

大樹と碧はふたりに会釈して、部屋を出る。

その後、親子がどのような会話をかわしたのかは知る由《よし》もない。けれどお互いのことを心から大事に思っているのなら、気持ちはきっと通じ合うはず。

そんなことを願いながら、大樹たちは店に戻った。


きらびやかなクリスマスイブから一夜が明けた、十二月二十五日。

レジの近くに申しわけ程度に置いてあるツリーも、出番は今日まで。平日のランチタイムは普段と同じく、勤め人でにぎわっている。

「こんにちは。食事してもいいですか?」

混雑が落ち着いたころ、百合と郁馬が連れ立ってやってきた。

あれから数日間の休養をとったおかげか、百合の体調は無事に回復したようだ。上品な薄化粧がよく似合っていて、彼女が持つ本来の美しさを引き立てている。

「元気になってよかった。病院には行きましたか?」

大樹はカウンター席に腰かけた彼女たちのために、丁寧な所作でお茶を淹《い》れる。湯呑《ゆの》みを手にした百合は「ええ」とうなずいた。

「この子がはやく行けってしつこかったので。お医者さんが言うには、過労で体力が落ちていたせいで貧血を起こしたみたいです。だから早朝のバイトは今月で辞めることにしました。また倒れたら郁馬に怒られちゃいますからね」

「そうですよ。食事と睡眠は毎日しっかりとらないと。健康の基本です」

「もう無理はしませんけど、あと少しお金が貯まれば実家を出られそうなんです。この近くに安くていいアパートがあったら教えてくださいい」

百合はほがらかに笑った。「ゆきうさぎ」の仕事を手放す気はないようで嬉しくなる。

「注文はどうします?」

「おれ、親子丼が食べたいです!」

「だめよ郁馬、今日のメニューには載ってないでしょ」

「鈴原さん、いいですよ。材料はあるので特別につくります」

大樹は手早く調味料を混ぜ合わせ、割り下をつくりはじめる。新鮮な卵でとじた熱々の親子丼を出すと、百合と郁馬は幸せそうな表情で頬張った。

「やっぱりおいしい！　このふわっふわの卵が最高なんだよな」

「え、ここで食べるのはじめてでしょ？　なんで知ってるみたいなこと言うの？」

「うっ。いやその、いまのはなんていうか……。コトバノアヤ？」

「ふーん。むずかしいこと知ってるのねー」

そんなやりとりをしつつ、ごちそうさまでしたと言って食事を終えた百合は、碧が操作するレジで代金を支払う。その隙をついて、郁馬がこっそり話しかけてきた。

「おれたち、これからお父さんのところに行くんです。向かいのお店でチョコのケーキとプリンをお土産《みやげ》に買っていって、みんなで食べるんだ」

「そうか。お父さん、よろこぶといいな」

「うん！」

母親と一緒に店を出る郁馬を見送った大樹は、小さな声でつぶやいた。

「メリー・クリスマス」

――よい子に幸福がおとずれますように。

第2話　睦月ゆずみそ冬物語

「あらー。あけましておめでとうございます」

電車を降りた大樹《だいき》の耳に、明るい挨拶《あいさつ》が聞こえてきた。

声がしたほうに視線を向ける。友人か知り合いなのだろう。七十歳くらいの夫婦と同世代の老婦人が、ベンチの近くで楽しそうに話していた。

売店では破魔矢《はまや》を手にした中年男性が缶コーヒーを買い、色とりどりの晴れ着に袖《そで》を通した若い女性のグループが、寒い寒いと言いながら次の電車を待っている。初売りに繰り出したのか、戦利品の大きな紙袋で両手がふさがっている人もいた。

新年を迎えて三日。世間は正月特有のめでたい雰囲気に包まれている。

屋根がついたホームの外は抜けるような青空が広がっていたが、乾燥した空気は冷たく身が引き締まる。冬生まれの大樹は寒さに強いので、この程度なら別になんとも思わなかったが、周囲の人々は首を縮めて耐えていた。

(家に寄ってる時間はないな)

時刻は十二時四十五分。腕時計を確認した大樹は、斜め掛けにしていた大きなカバンのショルダーベルトに手をやった。ずれていた位置を片手で直し、もう片方の手にかかえていた四角い風呂敷包みも水平になるよう持ち直す。

大樹は足早に改札を抜け、駅を出た。

時代の波に乗り、商店街では元日から営業する店も増えている。「ゆきうさぎ」は昔のまま、三日までは休業だ。注連飾《しめかざ》りがつけられた格子戸《こうし》の前を素通りして、さらに奥へと進んでいく。しばらく歩いていると、ようやく目的の鳥居が見えた。

樋野《ひの》神社が一年でもっとも活気づく三が日。周囲は初詣《はつもうで》にやってきた人々でにぎわっている。屋台も例年通り出店しているようで、濃厚なソースの香りや肉が焼ける香ばしい匂いが鼻腔《びこう》をくすぐった。

「雪村《ゆきむら》さん、こっちですよ！」

鳥居のそばに立っていた碧《あおい》が、嬉《うれ》しそうに近づいてきた。ぺこりと頭を下げる。

愛用のダッフルコートの下には、キャラメルのような色のロングスカート。最近買ったばかりだという、編み上げタイプのショートブーツを履《は》いている。

ポニーテールの結び目には、すっかり見慣れた水色のシュシュが当然のようについていた。毛先が少しだけ跳ねていて、それを気にするところが微笑《ほほえ》ましい。

「あけましておめでとうございます。今年もよろしくお願いします」

「ああ、よろしく。なんだ、今日は着物じゃないんだな」

「う……。実はひとりじゃ着付けができなくて。──ら、来年！　来年までには勉強しておきますから！」

（来年か）

果たしてそのとき、自分たちはどうなっているのだろう。

「それにしてもその荷物。もしかして家に寄らずに来たんですか？」

「時間がぎりぎりだったんだよ。向こうの駅で中学の同級生にばったり会ってさ。つい話しこんでたら、うっかり一本乗り逃して」

「なるほど。で、その風呂敷は？」

「なんだと思う？」

質問で返すと、碧は顎《あご》に手をあてた。真剣な目つきで包みを見つめる。

「むむ……。たぶんそれ、雪村さんのお母さんが持たせてくれたんですよね？　たしか去年も実家に帰ったとき、豚の角煮をつくってもらったって言ってたし。だったら食べ物で間違いありませんね。中身はおいしいお料理かお菓子です！」

「正解。さすが猫《タマ》、鼻が利くな」

「犬ほどじゃないですけど――って、華麗《かれい》な推理と言ってください」

大樹の冗談に乗って口をとがらせた碧は、すぐに元の表情に戻って微笑んだ。

「さ、お参りに行きましょう。おみくじも引かなきゃ。去年は中吉だったから、今年は大吉を狙いますよ」

「それ、狙ってどうにかできることじゃないだろ」

「念を込めれば運が向くかも。いざ突撃！」

背中を押された大樹は、はいはいと苦笑しながら境内《けいだい》に入る。

参道沿いにある手水舎《ちょうずや》では、普段は武蔵《むさし》と虎次郎《こじろう》を含めた、神社をねぐらにする猫たちがくつろいでいる。しかし今日は人が多いせいか、その姿はなかった。柄杓《ひしゃく》を使って身を清め、順番を待って参拝する。

「また中吉だった……。現状維持ってことかな。雪村さんは？」

「大吉。商売は『思いのまま』、願望は『あせらず待てば叶う』だってさ」

「ええっ、いいなぁ。うらやましい」

「でも交際は『身近に波乱あり』。これは当たってほしくないな」

「わたしは学業の『油断大敵　急がば回れ』が気になる……」

おみくじを引き終えた大樹と碧は、いそいそと屋台に向かった。

「どれにしよう。たこ焼きははずせませんよね。オムそばも捨てがたい」

碧は興奮した様子で、あちこちの屋台を見て回った。

炭火で焼いて味つけした牛肉の串焼きにはその場で豪快《ごうかい》にかじりつき、米粉でつくられた麺《めん》を鶏《とり》ガラと魚醤《ナンプラー》のきいたスープに絡めた、熱々のタイラーメンに舌鼓《したつづみ》を打つ。

「あんず飴《あめ》とチョコバナナも買おうかな」

「好きにしろよ」

父親にお土産《みやげ》を買っていきたいというので、評判のたこ焼きとオムそばを一パックずつ持ち帰る。お茶でも飲んでいかないかと誘いかけると、「いいですね！」と即答された。

店に隣接している母屋《おもや》の客間に通す。

「これ、よかったらどうぞ。母親の手づくりなんだけど」

大樹は座卓の上に置いた風呂敷包みを解く。

透明な容器の中には、小ぶりの黒糖まんじゅうがぎっしり詰めこまれていた。

温泉旅館の女将《おかみ》をつとめる母は、いつも日々の業務に追われている。忙しい仕事の合間を縫《ぬ》って蒸し上げられたそれは、母が昔から得意としている定番のおやつ。大樹と弟の好みが反映されていて、甘さ控えめで上品な味わいだ。

「うわぁ、おいしそう！　いただいてもいいんですか？」

「底なしの胃を持つバイトがいるって話したから、はりきって大量生産したみたいだな」

「た、たしかに大食いですけど。あんまり変なことは言わないでくださいね……？」

困り顔になった碧が、まんじゅうに手を伸ばした。ひと口食べると気に入ったのか、時間をかけてその味を噛《か》みしめる。

「あんこがぎゅっと詰まってますねえ。皮はしっとりやわらかで」

「白あんに柚子《ゆず》のジャムを混ぜてるんだよ。香りがいいだろ」

「雪村さんのお母さん、お菓子づくりも上手なんですね。さすがです」

「和菓子に限るけどな。ケーキとかクッキーは父親が苦手だから。食感がボソボソするのが好きじゃないんだってさ」

おだやかな時間が流れる、まったりとした正月の午後。

目の前にはあたりまえのように碧がいる。気負うこともなく、ごく自然に。

沈黙が続いても苦にならない。互いにとって心地のよい関係が、すでに完成されているのだ。それはこれまで積み重ねてきた日々の賜物《たまもの》であり、信頼の証《あかし》でもある。

碧がお茶とまんじゅうを堪能《たんのう》する向かいで、大樹は愛用のレシピノートを広げた。明日から営業がはじまるので、何かいいメニューがないかと考えているのだが、これといって思いつかない。

(できれば季節を感じられるものを使いたい。冬らしいものといったら……)

野菜であれば白菜にほうれん草。大根やレンコン、蕪《かぶ》といった根菜も欠かせない。ユリ根を使ってもいいだろう。芋類も豊富だ。冬野菜は夏のそれとは逆に体をあたためる作用があるから、煮込み料理や鍋物に入れて食してもらいたい。

魚介類なら平目や皮剝《かわはぎ》、真牡蠣《まがき》などだろうか。果物を使ったデザートで季節感を演出するのも悪くない。店内ではBGMをかけていないし卓上花も置いていないので、料理そのもので変化をつける必要があった。

考えこんでいると、座卓の隅《すみ》に置いてあった雑誌を、碧が静かに引き寄せた。

「これ最新号ですよね。読んでもいいですか？」

「ああ」

（そういえば、先代が亡くなってもう三年か）

ふと思い出した大樹は、客間とつながっている仏間に目を向けた。

祖母の形見である「ゆきうさぎ」を引き継いで早三年。祖母が存命のころから変わらず通ってくれる常連もいるし、大樹がつくる料理を好んで足を運んでくれるようになったお客も多い。末永く引き立ててもらうためにも、日々の努力と研究は欠かせなかった。

「――あっ」

ふいに聞こえてきた小さな声。視線を向けると、雑誌を読んでいた碧が顔を上げた。座卓の上には、大樹が毎月購入しているタウン情報誌が広げられている。

「邪魔してすみません。ちょっとその、気になる子がいたもので」

興味を引かれた大樹は、思わず身を乗り出した。碧が開いていたページを、大樹のほうへと押し出してくれる。

そのページに掲載されていたのは、なんてことのないインタビュー記事だった。

政治や学問、スポーツに芸術・芸能といった、各方面で活躍している地元出身の人物を紹介するコーナーだ。一ページを使って写真とインタビューが載せられていて、今月はまだ若い、十代後半くらいの少女を取り上げている。

「睦月実柚《むつきみゆ》……。子役もやってるモデルなのか。知らない顔だけど」

あまりドラマや邦画を観ない大樹には、彼女が有名なのかどうかもわからない。同じ町に住んでいるという点には親近感が持てるけれど。

「この子がどうかしたのか。もしかして知り合いとか？」

地元出身ならありえるかと思ったが、碧は「いえ」と首をふる。

「どこかで見た顔だなって思ったんです。それで考えてたら、このまえうちの父が観ていた映画に出てた子だ！　って。ワンシーンだけちらっと見えたんですけど、インパクトがあって憶えてたんです」

「映画？　玉木《たまき》さんが？」

「めずらしいでしょ？　しかもわざわざＤＶＤを借りてまで。すぐ隠しちゃったからタイトルまではわからなかったんです」

意外だった。碧の父である浩介《こうすけ》は、あまりそういったものに興味がないと思っていたのに。碧曰《いわ》く、ドラマやスポーツ中継を観るより本を読むほうが好きらしい。だから常連たちがその手の話をしているときは聞き役に徹しているのだ。

「それにこの子の顔、どこか既視感があるんですよね。誰かに似てる気がして」

「言われてみれば……。俺もそう思うってことは、共通した知り合いか？」

雑誌を手にとった大樹は、あらためて記事を読んでみた。

本業はモデルだが、中学に入ってからは役者としていくつかの作品に脇役で出演しているらしい。義務教育中のため、家族と一緒に市内に在住。普通の学校に通いながら仕事をしているようだ。もう働いているなんて、まだ若いのに偉いなと思う。

「ここ見てください。この子の年齢、十五歳って！　中三には見えませんよね」

「たしかに」

「大人っぽいですねー。うらやましい」

涼しげな目元に、通った鼻筋。撮影用に化粧をしているせいもあるだろうが、見た目は十七、八歳くらいだった。実年齢を言われなければ中学生だとは思えない。モデルということもあり、手足もすらりとして見える。

「背も高そうだし、いいなあ。わたしもせめて、あと五センチあればよかったのに」

「低くてもいいだろ。常連さんに可愛《かわい》がってもらえるし」

「それはありがたいんですけど。なんていうか、お父さんが小さな子を見守る感じに近いような。わたしが子どもっぽいから？」

「常連さんたちにとって、タマは娘みたいなものなんだよ」

苦笑した大樹は、大きく印字された少女の名前に注目する。

睦月実柚。柚子の実――

ふと、頭の中に何かが降りてくる感覚。反射的にペンをとった大樹は、白紙のノートに猛然と文字を綴《つづ》りはじめた。


松の内が終わるころには、世間はすっかり日常を取り戻していた。

「おはようございます。あら、いい香りがしますね」

十時少し前、戸を引いて中に入ってきた百合《ゆり》が表情をほころばせる。

先月から働きはじめて、約ひと月。仕事にも慣れ余裕が出てきた彼女は、最近では常連から親しみをこめて「スズさん」と呼ばれている。息子の郁馬《いくま》も冬休みの間は何度か顔を見せ、仕事が終わった百合と一緒に賄《まかな》いを食べていた。

「柑橘《かんきつ》系――わかった。柚子でしょう」

「あたりです」

微笑んだ大樹は作業の手を止めた。柚子の黄色い皮部分をすりおろしていたので、周囲には甘酸っぱい、さわやかな香りが広がっている。

「お風呂に入れてもいいですよね」

「冬至《とうじ》の夜に柚子湯に入ると、風邪をひかないって話があるじゃないですか。あれは冬至《とうじ》と湯治をかけた粋な洒落《しゃれ》だそうですよ。あとこの日に『ん』がつくものを食べて、運を呼びこもうって風習もあるとか」

「『ん』がつくもの？　何があったかしら」

「寒天、ニンジン、レンコン、ギンナン、金柑《きんかん》、饂飩《うんどん》、あとはナンキン」

「ナンキン？」

「南瓜……カボチャですね。饂飩はうどん、冬至の七種《ななくさ》です。土用の丑《うし》の日に『う』がつくものを食べて験担《げんかつ》ぎをする話と似てますね」

そんな話をしながら、大樹は合わせ味噌《みそ》と酒、みりんを入れた小鍋を火にかけた。砂糖を加えて味をととのえつつ、木べらで練っていく。白味噌のみにすれば品よくさっぱりとした味に仕上がるが、コクがほしかったので辛めの赤と甘口の白を混ぜたものを使った。

焦がさないよう気をつけながら、水分が飛んだところで火から下ろす。それからすっておいた柚子の皮としぼった果汁を投入し、混ぜ合わせた。

自家製の柚子味噌が完成すると、冷ましてガラスの瓶《びん》に詰める。背後の棚には柚子の果肉と果汁、そして皮を煮詰めてつくった、特製マーマレードを入れた瓶も置いてあった。

「お味噌とマーマレードですか。使い勝手がよさそうですね」

「今月はこれでいろいろつくってみようかと」

――さて。これらを使って何品できるかな。

大樹は頭の中でメニューを組み立てながら、次の仕込みにとりかかった。

二階の図書室から見える空は、すっかり暗くなっていた。

「五時になったから、そろそろ閉めますよ。また明日いらっしゃい」

「あ、すみません。すぐに帰りますから」

司書の先生に告げられて、小倉七海《おぐらななみ》は机の上に広げていた教科書やノート、ペンケースをカバンに戻した。隣で眉間《みけん》にしわを寄せ、英和辞書をめくっていた同じクラスの友人もあわてて帰り支度をはじめる。

「うわ、完全に日が暮れてるね。まだ五時なのに」

「でも和訳、半分以上は終わったでしょ。あとはまた明日にしようよ」

「家まで課題、持ち帰りたくないもんねー。学校ならナナちゃんと協力できるし」

七海が通っている都立高校の制服は、胸元にエンブレムがついた紺色のブレザーに水色のネクタイ、そしてチェックのプリーツスカートが基本だ。制服の上から学校指定のコートをはおった七海たちは、通学カバンをかかえて図書室をあとにした。

蛍光灯の光に照らされた廊下には誰もいなかったが、音楽室のほうからわずかに金管楽器の音色が流れてくる。吹奏楽部はまだ活動中のようだ。

「ナナちゃん、進路希望調査の紙ってもう出した？」

「ううん、まだ。どこの大学を受験するかまではしぼりこめてなくて」

「臨床《りんしょう》心理士の資格とりたいんだっけ」

「そう。修士課程まで修了しないと試験が受けられないから、道のりは遠いよ」

七海の家は両親が離婚し、自分と弟は母親に育てられている。

学費がかさむと家計を圧迫してしまう。ましてや七海の希望は大学院。母はお金のことは気にせず好きな大学を受けなさいと言ってくれたが、下に弟も控えているため、できれば国公立に入って奨学金をもらいたかった。

「お母さん、春休みになったら予備校に入れって言ってるんでしょ?」

「それにもお金がかかるんだけどね……。地元にいい先生がそろってる予備校があるんだって。入校テスト、むずかしいみたいだから頑張らなきゃ」

「えらいねぇ。あたしなんか、みんな行ってるから行こうかなーくらいしか考えてないのに。ま、ナナちゃん成績いいし、きっと大丈夫!」

友人は七海をはげますように背中を叩いた。その力強いエールが嬉しい。

地味な自分とは違って、美人で華やかな彼女は、二年に上がったときに同じクラスになった。最初の席が近かったから。話すようになったのはそんな些細《ささい》なきっかけだ。でも意外に気が合い、一緒にいることが多くなっていった。

昇降口を出るなり、ブリザードのような風が吹き抜けた。友人が身震いする。

「ああもう、寒いっ!」

「冬だからね」

「はやく春にならないかなぁ。でもそうなったら受験生か」

「クラス替えもあるよ?」

「あー、それは嫌! ナナちゃんたぶん、文系の特進クラスになるでしょ。そしたら絶対に別れちゃうよ。春は来なくてよし!」

彼女は自分と離れがたいと思ってくれている。そんな友だちができたのは何年ぶりのことだろう。空気は凍えるほど冷たいのに、心は陽《ひ》が差したようにあたたかい。

口元をゆるめた七海は、隣を歩く友人に話しかける。

「お腹《なか》すいたね。どこかでご飯でも食べていく？」

「賛成ー。おとといバイト代入ったし。ハンバーガー……って気分じゃないな。いつものファミレスにする？　ドリンクバーの割引券持ってるよ」

「うーん……」

ファミレスの食事もいいけれど、いまいち惹《ひ》かれない。今日は感傷に浸ったせいか、誰かが丁寧につくってくれた、できたての料理を食べたかった。

（そうだ、あそこに行こうかな）

七海は「ちょっと行きたい店がある」と言い、彼女を連れて駅に向かった。

「なに、どっかいいお店でもあるの？」

「ご飯がすごくおいしいんだよ。ファミレスよりちょっと高いけど、たまにはいいんじゃないかな。夜に行くのははじめてなんだけどね」

「ん？　それってこのまえ、カヤちゃんと行ったたってところ？」

「そうそう。あのときはランチタイムだったんだよね。テストの最終日で」

「思い出した。あたしは用事があったんだ。一緒に行きたかったのに」

高校の最寄り駅からラッシュで混雑する電車に揺られること、二十分。駅を出た七海たちは、昔ながらの個人商店が立ち並ぶ通りを進んでいく。

「ちょっとー。どこまで行くの？」

「もう少しだから」

商店街のはずれにあるその店は、今日も変わらず営業していた。引き戸を隔てた奥にはオレンジがかった明かりが灯《とも》され、あたたかい雰囲気を醸《かも》し出している。軒下《のきした》には七海とも縁がある二匹の猫が寝そべり、のん気にあくびをしていた。

友人は目を白黒させながら、引き戸の前に下がる白い暖簾《のれん》を凝視する。

「……ここ？」

「うん。可愛い名前だよね。いるのはうさぎじゃなくて猫だけど」

勢いよく七海をふり返った彼女は、「ムリだよ！」とすがりついてきた。

「小料理屋って、あれでしょ。美人の女将さんが『お仕事お疲れさま～』とか言ってお酌《しゃく》してくれるところ」

「一般的なイメージはそうなのかな」

「大人の店だよ。昼ならともかく、こんな時間に入ったら怒られる！」

「そんなことないって。年齢制限があるわけでもないんだから。お酒を飲まなければ未成年だって入れるよ。まだ開店したばかりだし、お客さんも少ないと思う」

それでもためらう友人の腕をとり、七海は少し緊張しながら戸を開けた。

「いらっしゃいませ。――――あ、七海ちゃんだ」

「碧さん、こんばんは」

エプロン姿の見知った女性が笑いかけてくれて、ほっと安堵《あんど》の息をつく。彼女は中学時代にお世話になった担任教諭の娘だ。ほがらかで話しやすく、人がよさそうな雰囲気は恩師に通じるものがある。

「そちらは七海ちゃんのお友だち？　ようこそ『ゆきうさぎ』へ。ゆっくりしていってね」

「は、はい。お邪魔します」

「カウンターよりテーブル席のほうがいいかな。すぐにお茶出しますね」

店内はまだあまり人がいなかったので、ほとんどの席が空いていた。座敷に近いテーブル席に案内される。向かいに座った友人はこういった店がはじめてだということもあり、興味深そうに周囲を見回した。

「なんて言えばいいんだろ。田舎のおばあちゃんちみたいな？　なつかしい感じ」

「私もはじめて入ったとき、似たようなこと思った。不思議だよね」

顔を見合わせて笑い合っていると、碧がお茶とおしぼり、そしてお品書きを持ってきてくれた。「未成年はソフトドリンクね」と、いたずらっぽい表情で釘を刺される。

「何かおすすめはありますか？　私たちでも食べられそうなもので」

「女子高生の好みかぁ」

小首をかしげた碧は、すぐに「だったら」と提案してくる。

「グラタンは？　ちょっと時間がかかるけど」

友人がうなずく。お願いしますと頼むと、伝票に書き留めた碧が踵《きびす》を返した。カウンターの奥にいる店主の大樹に注文を通す。

学校はもちろん、あらゆる場所でのイケてる男子チェックに余念がない友人が、無言で首を伸ばした。調理をはじめた大樹の姿を確認する。

「イケメン発見！　あの人がご主人？」

「さすが。目ざとい」

「若いなあ。二十七、八くらいでしょ。独身？　さっきの女の人との関係は？」

とりとめのない話に花が咲く。しばらくして、厨房《ちゆうぼう》のほうからホワイトソースの香りがただよってきた。同時になぜか柑橘系の甘酸っぱい匂いもする。

そわそわしながら待っていると、やがてお盆を手にした碧が近づいてきた。

「お待ちどうさま。柚子釜《がま》の味噌グラタンでーす」

「わあ、可愛い！」

七海たちの前に置かれたお皿の上には、果肉をくり抜いた大きな柚子の実。代わりに入っているのは、器《うつわ》からはみ出さんばかりに盛りつけられたグラタンだ。上にまぶした粉チーズがほどよく焦げていて、いい具合に焼き色がついている。

「具は帆立《ほたて》の貝柱と海老《えび》だけど、アレルギーとか大丈夫？」

「はい」

「ソースに柚子味噌を溶かしてるから、コクがあっておいしいよ。熱いうちにどうぞ」

碧にうながされ、七海たちはさっそくスプーンをとった。

「いただきまーす」

パリパリとした焦げ目にスプーンの先を差しこむと、閉じこめられていた湯気がふわっとあふれ出す。同時にバターと牛乳、そして柚子の香りが広がった。

冷ますために軽く息を吹きかけて、グラタンを口に入れる。柚子味噌入りの熱いホワイトソースが舌の上でとろけ、よく火が通った帆立と海老に絡んでいた。どちらも身が締まっていて、その歯ごたえもたまらない。

「これ、ホワイトソースもお店でつくってるんですか？」

「そうだよ。小麦粉と牛乳、あとバターがあればできるから。生クリームも入ると濃厚になるんだけど、代わりに柚子味噌を入れてるんだよ。でも市販のものが売ってるし、家だとなかなか自作はしないよね」

「ああ、うちの母が前にチャレンジしたけど失敗しました。焦げちゃって」

友人が言うと、碧も経験があるのか苦笑する。

「火加減とかむずかしいからね。小麦粉がダマになっちゃう場合もあるし。そういうときは電子レンジでもいいいんじゃないかな。何回かに分けて加熱しながら混ぜていくの。簡単だし焦げないよ」

「へえ！　そういう方法もあるんだ」

夢中になって平らげていると、グラタンはあっという間になくなってしまった。

「どうしよう。もっと食べたい」

「せっかくだから、一品料理とか頼んでみる？」

お酒はまだ飲めなかったから、ウーロン茶を飲みながら料理を楽しむ。

夜の店内は、七海が知るランチタイムとは雰囲気が違う。昼間は明るくにぎわっているが、お客が少ないせいもあり、いまはしっとりと落ち着いていた。なんだか大人になったような気分で、つい背伸びをしたくなる。

「え、七海ちゃん、スクールカウンセラーになりたいの？」

食後のお茶を持ってきた碧と世間話をしていると、将来についての話題になった。

「はい。臨床心理士の資格をとって、どこかの学校に勤められたらいいなって」

七海は以前から抱いている自分の夢を、照れながらも語る。

「玉木先生に助けてもらったときみたいに、今度は私が誰かの力になりたくて。はじめは碧さんみたいに教職課程をとろうかとも思ったんですけど、せっかくだから専門的に心理学を勉強してみようかなと」

「その道を極めるってことだね。カッコいい」

「といっても、まずは大学に受からなきゃはじまらないんですけどね」

担任と進路指導の教師からは、努力次第で上を狙えると言われている。できることならよりよい環境で学んでみたい。

お茶をすすっていると、「大丈夫だよ」という声があがる。

「ナナちゃん、頑張り屋だもん。きっとうまく行くって」

――あたし、中学のときにいじめられてたんだ。

親しくなって半年ほどが過ぎたころ、友人は自分の身に起こったつらい出来事について打ち明けてくれた。

『生意気だったからね。怖い先輩たちに目ぇつけられちゃって。クラスの子も巻きこまれるのが嫌で、見て見ぬフリだったよ。向こうが卒業して解放されたけど、あれはけっこうきつかったな。毎日、学校に行くのが嫌でたまらなくて』

『……』

『でも、親に心配かけるわけにはいかないじゃん？　だから頑張って通ったよ』

その話を聞いたとき、ああ、彼女もあのみじめな気持ちを知っているのだと思った。

クラスの中で孤立して、嫌というほど思い知らされる疎外感。授業でグループやペアをつくれと言われても、声をかけてくれる子はいなかった。母に気づかれないよう、家では普通にふるまっていたが、心の中は苦しくて。

そんな毎日が積み重なり、何もかも投げ出したくなったこともあった。子どもにとっての学校は、世界のすべてに等しい。だからそこで拒絶されたときの絶望感は、大人が思っているよりはるかに大きいのだ。

『話してくれてありがとう。実はね、私も……』

七海も中学時代、クラスの女子から仲間はずれにされてしまったことがある。そのときは担任の先生――碧の母がうまく間に入って解決してくれた。しかし同い年の女の子に対する恐怖と失望はなかなか拭《ぬぐ》えず、その後も長く七海の心にくすぶり続けた。

心機一転で入学した高校も、最初は躓《つまず》いてしまった。もう一度前を向こうと思えるようになったのは、この店で食べた料理のおかげだ。

二度目に「ゆきうさぎ」をおとずれメンチカツを食べたとき、同じ場所で恩師と食事をして話を聞いてもらった思い出がよみがえった。簡単にあきらめたくないから、もう少し踏ん張ってみようという気持ちになれたのだ。

「ごちそうさまでした。また来ますね」

レジで会計をしていると、お釣りを渡すときに碧が話しかけてきた。

「いい友だちができてよかった。これからも仲良くね」

声音《こわね》が似ているからだろうか？　彼女の声が一瞬、玉木教諭のそれと重なった。碧と一緒によろこんでくれたような気がして、胸の奥が熱くなる。

微笑んだ七海は、心の中で亡き恩師に語りかけた。

――いろいろあったけれど、いまは毎日がとても充実しています。

私はもう、ひとりじゃないから。


時計の針が既定の時刻を差した瞬間、都築航《つづきわたる》は顔を上げた。

「時間です。今日はここまで」

銀ぶち眼鏡のブリッジを押し上げ、淡々とした声音で告げる。

「質問があればこのあとに受けつけます。ではまた明日」

何事も、時間ぴったりに終わらせないと気持ちが悪い。制限時間内に決められた内容を過不足なくこなす。社会人としては当然のことだ。今日もイレギュラーなことはなく、予定通りに終わらせることができた。

背後のホワイトボードには、几帳面な筆跡でびっしりと書きこまれた数式。教室内はエアコンで適度にあたためられていたが、講義中に気をゆるめるような生徒はひとりもいない。センター試験を間近に控えていることもあり、最後の追いこみに必死だ。

それでも講義が終わると、真剣な顔つきでノートをとっていた生徒たちがほっと息をつく。テキストを閉じた彼らは、めいめい帰り支度をはじめた。

「今週末はセンターかぁ。はやっ」

「俺、勉強のしすぎで頭がパンクしそう」

「実は最近、同じ夢ばっかり見るんだ……。試験当日に高熱出して動けなくなる夢」

「やだ、縁起悪いこと言わないでよー」

男女入り混じった生徒たちが身に着けているのは、それぞれ異なった高校の制服だ。

毎年、多くの生徒を名門大学に送り出すこの予備校には、常に高みをめざす学生たちが集まってくる。

昼は浪人生が通っているが、夜間は学校帰りの高校生がほとんどだ。浪人現役にかかわらず、難関の入校テストを突破したのだから、優秀であることは間違いなかった。試験中に腹痛でも起こさない限り、どの教科も高得点をとれるだろう。

「都築先生！」

ホワイトボードの文字をイレーザーで消していると、背後から声をかけられた。ふり返った先にいるのは、有名私立高校の制服に身を包んだ女子生徒。数学が弱点なので、ときどきこうして個別にたずねてくる。

「質問ですか？」

「ちょっとわからない問題があって。ここなんですけど」

彼女が指差していたテキストの問題を、ちらりと見る。すぐに「ああ」とうなずき、マーカーをとった。きれいになったボードに向き合い、問題文の図形を写し取る。

「ひとつずつ順番に考えていけば、むずかしくはないですよ。この三角形の内接円をXと仮定して、まずはＡＢＣの面積を求めることからはじめましょう」

都築は迷うことなく、正確かつ最短で導き出せる解法を記していく。熱中すると早口になってしまう癖があるため、そこは気をつけなければならない。

「――となるので、三角形ＡＱＲに余弦《よげん》定理を用いて……」

問題を解いているとき、頭の中に余計なことは何ひとつ浮かばない。やがて正答にたどり着くと、女子生徒は「なるほど」と晴れやかな表情になった。

「よくわかりました。ありがとうございます！」

「また何かあったらいつでもどうぞ」

ぺこりとお辞儀をした彼女は、荷物を手にして出て行った。自分の説明で理解してもらえたのなら何よりだ。

勉強を教えることは好きだし、教員免許も持っている。しかし都築は学校の教師を選択しなかった。クラス担任となり生徒たちに寄り添って、ひとりひとりの情緒に気を配ることが不得手だとわかったからだ。勉強の質問には答えられても、心の問題や悩みごとを解決できる自信はない。だから予備校を選んだ。

給料がよい代わりに相応の能力を求められるため、日々の勉強は欠かせない。

生徒たちがいなくなると、講義に使った教材をまとめて教室をあとにする。日によっては個別指導が入るときもあるが、今日の仕事はこれで終わりだ。

時刻は二十一時過ぎ。夕食をとっていないので、空腹を覚える。

(何を食べようか……)


昔からのことだが、自分はあまり食というものに関心がない。

唯一の好物といえるのが卵で、一日に一度は必ず口にしている。それ以外の見た目や味にはさほどこだわりがなく、生きるために必要な栄養がとれるのならなんでもよかった。だからひとり暮らしをしていても自炊《じすい》はほとんどしないし、興味もない。

外食をするときも、安くてそれなりの味であれば、別にどこでもかまわなかった。そのため少し前までは、行きつけの店というものも存在しなかったのだが――

「あ、都築くん。遅くまでお疲れ」

教務室に入るなり、都築はわずかに眉をひそめた。なんだこの匂いは。

「いい香りだろー。腹減っちゃってさ」

応接用のソファに座っていたのは、古文担当の同僚だった。講師の中で最年少の自分より六歳上だが、あまりその差を感じない相手でもある。

都築は同僚を一瞥《いちべつ》し、窓辺に向かった。

「カレーはやめてください。休憩室じゃないんですから」

「別にいいじゃん。って、寒! オープンザウインドウはダメだって!」

問答無用で窓を開けたとたん、ひんやりとした風が入りこむ。窓のすぐ近くにいた同僚が「ひどいことするなぁ」と大げさに身震いした。はじめは丁寧に接していたが、誰に対してもこんな感じだとわかってからは、遠慮なく地を出している。

「ところでそれ、どこで調達してきたんです？」

「聞いて驚け。うちの奥さんのお手製だ。弁当に詰めてくれたものをさっきレンジであたためてさ。料理上手だから、これがまた絶品なんだよ」

「そうですか」

夫婦仲がよいことは結構だが、手づくりと聞いても、辛いものが苦手なのでなんとも思わない。新婚の同僚は「ドライだなぁ」と苦笑した。

「独り身だろ。もっとうらやましがってくれよ。自慢し甲斐《がい》がないじゃないか」

「よかったですね。これでいいですか」

「心がこもってない。もう一度！」

「嫌です」

ぴしゃりと返した都築はそれ以上つき合うことなく、自分の机に戻った。

ほかの講師の机上は、テキストや資料を挟んだファイルなどが散乱している。しかし都築の机はいつも、片づけたばかりのように整頓《せいとん》されていた。パソコンを起動させ、退勤の操作をしてから帰り支度をする。

この職場では、常識の範囲内であれば講師は何を着てもかまわない。ラフな格好で出勤している者も多いが、都築はきっちりネクタイを締めたスーツ姿だ。グレーのコートをはおり持ち帰るべき書類を確認していると、その様子を見つめていた同僚が口を開いた。

「そういえば都築くん。きみ、明日あたりに依頼がくると思うよ」

「依頼？」

手を止めてふり返る。カレーを食べ終えた同僚がにやりと笑った。

「このへんで売ってるローカルなタウン情報誌があるんだけど、知ってる？」

「名前だけなら」

「その雑誌に、ここで働く講師のインタビュー記事を載せたいんだってさ。――で、検討した結果、都築くんが適任だろってことになり」

都築はぐっと眉を寄せた。そんな話は聞いていない。

「そりゃそうだよ。さっき決まったんだから」

こちらの心を読んだかのような答えに、眉間のしわは増えていくばかり。

「なんだっけ。地元出身の輝いている人？　そんなタイトル」

「輝いている自覚なんて微塵《みじん》もありませんが」

「まあそう言わずに。たしか担当の人に今月号をもらったとかで……」

ソファから立ち上がった彼は、棚の上に置いてあった一冊の雑誌を手にとった。該当《がいとう》のページを開いて渡される。ざっと目を通した都築は、思わず頬《ほお》をひきつらせた。

「写真入りじゃないですか」

そのコーナーで取り上げられていたのは、地元在住だというモデルの少女。全身とバストアップの写真が一枚ずつ載っている。同じことを自分もやれと？

「こういったことは苦手です。別の人に頼んでください」

「ええ？　チラシとサイトに載せる講師一覧はＯＫしてるのに」

「あれは宣伝だから協力しただけです。写真も小さかったし……」

雑誌を突っ返したものの、同僚はなおも食い下がる。

「これだって同じだよ。うちの名前も掲載されるし、有能な講師が勢ぞろいって書いてもらえる。それに都築くん、黙ってさえいれば若くて知的なイケメンだし？　ちょうどいい客寄せパン……いやその」

「パンダは御免です」

「全国紙じゃないんだから、たいして目立たないって。これも仕事と思って協力してよ」

同僚は自分の性格をよく把握《はあく》している。仕事と言われてしまえば無下にはできない。

「頼むよ。新年度の優秀な生徒獲得のためにも！」

「…………」

「とりあえず、一晩じっくり考えてみて〜」

その場で返事をすることはせず、都築はカバンを手に教務室をあとにした。

校舎を出ると、角が立たない断り方がないか、あれこれ考えながら自宅に向かう。繁華街は仕事を終えて、飲み屋をはしごする人々であふれていた。周囲にひしめく飲食店のネオンがまぶしい。それらを目にして、空腹だったことを思い出す。

（九時四十分か……）

ふいに踵を返した都築は、住んでいるマンションではなく駅へと足を伸ばした。

ちょうどホームに入ってきた下り電車でひと駅。そこは十年前、中学を卒業するまで暮らしていた町だった。ここに最近、一定の頻度《ひんど》で通うようになった店がある。

「いらっしゃいませー」

格子の戸を引いたと同時に聞こえてきたのは、明らかに男性の声だった。

「都築さんじゃないっすか。お仕事お疲れさまです」

人なつこい笑みを見せた青年に、会釈で応える。

――碧さんはいないのか。

小料理屋「ゆきうさぎ」には、夜のバイトがふたりいる。ひとりは目の前にいる大学生の慎二で、もうひとりは中学時代の恩師、玉木教諭の忘れ形見である碧だ。ふたりがそろう日はめったにないから、碧は休みなのだろう。慎二には悪かったが、落胆《らくたん》を覚える。

自分がいま、こうして納得のいく仕事に就けているのは恩師のおかげだ。

高校受験について悩んでいたとき、玉木教諭は親身になって相談に乗ってくれた。その恩師の娘である碧は、顔こそあまり似ていないが、気質や性格は母親のそれをしっかり受け継いでいる。なつかしさと同時に、自然と彼女に対する興味が湧いたのだ。

碧とは都築が玉木家に手紙を出したことがきっかけで知り合い、恩師の墓参りをしたいと申し出たときは、快《こころよ》く同行してくれた。自分と同じく教師の道をめざしていると聞いたときには、親近感も生まれた。

『学校でも予備校でも、人に何かを教えるって、大変だけどすごくやり甲斐があることだと思います。わたしがまだ高校生だったら、都築さんの講義を受けてみたかったな』

そう言って、いまの自分を肯定してくれたことが嬉しかった。だからもっと親しくなりたくて、言動で好意を示してみたのだが、どうやら戸惑わせてしまったらしい。

久しぶりに好感を覚えた相手だったから、どんな人なのかを詳しく知りたかったし、自分のことも知ってもらいたかった。けれど彼女には押しが強かったようで、急ぎすぎたかと反省している。これは少し時間をかけて、ゆっくり進めていくしかなさそうだ。

そんな心情を知る由もない慎二は、笑顔で都築をカウンターに案内した。コートを脱いで椅子《いす》に腰を下ろすと、すぐに湯呑《ゆの》みに入ったお茶が出される。

「こんばんは。今年最初の来店ですね」

店主の大樹はいつもと変わらず、おだやかに微笑んだ。

「センター試験が近いので忙しくて。今日はたまたま残業がなかったものですから」

「そうか。言われてみればそんな時期でしたね。俺が受けたのは十年前か……」

大樹は昔を思い出すように遠い目をした。お通しの皿を出しながら続ける。

「こんなに遅くまで、予備校の先生も大変ですね」

これが仕事ですからと答えた都築は、眼鏡の奥の目をきらりと光らせた。

「――ところで雪村さん。今日、碧さんはお休みですか？」

一瞬、大樹の片眉がぴくりと動いたような気がした。しかし笑みは崩さない。

「大学の定期試験があるので、今月はシフトを少なめにしてるんですよ。常連さんたちもさびしがっているんですが、これればかりはどうにも。むさ苦しくてすみません」

「いえ、お気になさらず。それにしても後期試験とはなつかしいですね。苦手な分野があれば自分が教えてもいいのですが」

「……都築さん、お忙しいんでしょう？　ご自分のお仕事に専念してください」

「お気遣いありがとうございます。では試験が終わったら、慰労《いろう》ということで食事にでも誘ってみましょう。食べ放題ならよろこぶかな。別にかまいませんよね?」

「……………タマは食い尽くしますよ。やめておいたほうが」

「なんか火花が散ってる……」

わざとらしい笑顔と牽制《けんせい》の応酬《おうしゅう》に、近くで会話を聞いていた慎二が頬をひきつらせている。同じカウンターで飲んでいたわけ知り顔の常連客が、お猪口《ちょこ》を片手に「若いねえ」と言ってにやりと笑った。

「と、とにかく! まずは何か食べましょうよ。ご注文をどうぞ!」

間に入った慎二にお品書きを押しつけられ、話はそこで打ち切られる。

(今日は少しだけ尻尾を見せたな)

大樹と碧がお互いのことをどう思っているのかは、この店に通うようになってからすぐにわかった。一定の距離を保った状態が続いているらしく、揺さぶっても本音を口にすることはしない。それが少々腹立たしく、かき回してみたくもなる。

とはいえ、なんだかんだ言っても、大樹がつくる料理は嫌いじゃない。食に興味のなかった自分が何度もこの店で食事をしているのは、「ゆきうさぎ」の料理や雰囲気、従業員を含めたすべてが気に入ったからでもあるのだ。

「今日は……そうですね。ここにある五平餅《ごへいもち》というものをいただけますか？」

「わかりました」

好物の茶碗蒸《ちゃわんむ》しにしてもよかったが、今月のおすすめという箇所に載っていたので気になった。お通しで出されたのは、鮪《まぐろ》の赤身を大根おろしとポン酢、そしてもみ海苔《のり》に絡めた鎌倉和《かまくらあ》え。熱燗《あつかん》の日本酒と合わせて楽しんでいると、カウンターを挟んだ厨房から味噌が焼ける香りが広がってくる。

「お待たせしました。ご注文の五平餅です」

大樹は長方形の角皿を都築の前に置いた。幅の広い串に刺し、味噌ダレをつけて焼いた楕円《だえん》形の五平餅が二本、きれいに並べられている。白い皿と料理の間には飾り用の葉が敷かれていて、見た目もよかった。

「炊《た》き上げたコシヒカリをつぶして成形したものを、焼き目がつくまであぶりました。フライパンやトースターでもつくれますけど、うちでは田楽《でんがく》用のコンロで炭火焼きにしています。味噌は自家製の柚子味噌を使いました」

「ああ、だから柑橘系の香りがするのか」

「ゴマ味噌やくるみ味噌を使ってもおいしいですよ。春だったら木の芽味噌とか。中部地方の郷土料理で、向こうではよく食べられているそうです。冷めないうちにどうぞ」

うなずいた都築は、串を一本手にとった。ゆっくりと口に入れる。

柚子の酸味が味噌のまろやかさと調和して、香ばしく焼き上げた粘り気のある米によく馴染《なじ》んでいる。味が濃いので酒が進み、気がついたときにはお代わりを頼んでいた。

「追加があればいつでも言ってくださいね」

食べるときは己のペースを守りつつ、それだけに集中したい。大樹もそんな都築の性格をわかっているので、食事中に余計な話をふってくるようなことはしなかった。静かに流れる時間は思いのほか心地よく、つい長居をしたくなる。

「次はヒレ酒なんてどうですか？　ちょうどいま、鯛《たい》のヒレがあるんです。弱火であぶって超熱燗で。あたたまりますよ」

「それはまだ飲んだことがないですね。せっかくなのでいただきます」

（こういう時間も悪くない）

多くの常連は、この店を「家庭的で落ち着く」と評価する。複雑な環境で育ってきた都築には、普通の家庭だの団欒《だんらん》だのといった言葉の意味が、あまりよくわからない。

ここで味わうことができる、素朴な料理と優しいひととき。それが家庭の雰囲気に近いというのなら、もっと幼いころに経験しておきたかった。

『おいしいお料理と居心地のいい空間。それが「ゆきうさぎ」のめざすお店です』

碧の笑顔が思い浮かぶ。料理も居心地のよさも、生き生きと働く碧や大樹の存在があってこそ。店は単なる容れ物にすぎない。大事なのはそこにいる人だ。

最近は仕事に追われ、食べることに関してはいつにも増して適当だったと思い知らされる。毎日は無理でも、ときにはゆっくり食事をする時間も必要だ。そしてそこに人の気配があれば、会話がなくてもさびしくはない。

食事を終えると、久しぶりに気分がよくなった。おかげで食後にお茶を飲みながら、大樹や慎二と雑談する余裕も生まれる。

「え……。『ゆきうさぎ』もあの雑誌に掲載されたことがあるんですか?」

「二回ほど。どちらも店の紹介ですよ」

「でも大兄の写真は載ったよな。タマさんがはしゃいでた」

慎二の言葉を聞いて、都築の肩がわずかに揺れた。

「碧さんが?」

「すごくよろこんで、いまでも掲載号を大事にとっておいてるみたいっすよ。写真自体はめっちゃ小さくて、誰だかわからないくらいだけど」

大樹を見ると、彼は苦笑しながら「そうなのか」と答えている。あからさまではなかったが、どこか嬉しそうに見えるのは気のせいではないと思う。

酔っているせいだろうか。心の奥から何かが湧き上がってくる。

強《し》いて言うなら闘争心のようなもの。見た目のせいか、他人からは「冷めている」と言われるが、実際の都築はかなりの負けず嫌いだった。そのおかげで厳しい受験戦争を勝ち抜き、現在の仕事を手に入れることができたのだ。

「ありがとうございました。またどうぞ」

会計をして店を出ると、冷たい夜風が吹き抜けた。けれど少しも寒くはない。

――あの話、やっぱり受けてもいいかもしれない。

そんなことを考えてしまったのは、きっと飲み過ぎたからに違いない。しかし悪い気はしないのだから、思っていたより重症なのかもしれなかった。

約束の時間まで、あと十分。

電車のドアが開くなり、双葉《ふたば》栞《しおり》は弾丸のごとく飛び出した。あぜんとするホームの人々を気にすることなく、改札につながる階段を駆け上がる。しかし焦っているときに限ってICカードが反応せず、ピンポンと音を立てて改札が閉まった。

「ああっ」

双葉は苛立《いらだ》ちを隠しきれずに、乱暴にもう一度押しつける。

（ついてない。ほんとについてない！）

乗っている電車が信号故障のために停まった。事実を言えばそれだけのこと。特にめずらしいことでもなかったが、人と会う約束をしている双葉にとっては最悪だった。不測の事態が起こっても対応できるよう、余裕を持って出発したのにこれはない。

十分や二十分ならまだしも、まさか三十分も車内に閉じこめられるとは！

「双葉さーん、あきらめて電話しましょうよー」

背後からついてきている相棒のカメラマンが、情けない声を出した。重たい機材をかかえているせいで、思うように走れないのだ。

「急げばぎりぎりで間に合う！　遅刻は避けたいの！」

「いや、わかるけど。ふ、不可抗力だし。正直に言えば許してくれるって」

「……やっぱりダメ！　頑張って！」

ぽっちゃりとした体型の彼に檄《げき》を飛ばす。今日の相手は時間に厳しいと聞いている。たとえ正当な理由があろうと、遅刻はしたくない。

改札を出た双葉は、スピードをゆるめることなく繁華街に入った。

ランチタイムには少しはやい十時台ということで、人通りはあまり多くない。のんびり歩く人々を追い抜いて、めざす建物に向かう。はじめて行く場所だったが、悠長《ゆうちょう》にスマホで確認している暇はない。

あらかじめ頭に入れておいた地図を頼りに、繁華街を走り抜ける。通りに面した六階建ての雑居ビルを見つけると、裏に回って中へと駆けこんだ。

「何階?」

「階段、は、無理です……」

案内版を見ると、一階にはカフェのチェーン店、二階は会計事務所、三階に英会話教室があり、目的の大学予備校は四階から上に入っていた。エレベーターで上がる間に、乱れた息とぼさぼさになった前髪を必死になってととのえる。

十一時まであと一分。

(間に合った!)

四階でドアが開くと、上に着ていたコートを脱いだ。額ににじんだ汗を拭い、肩掛けにしていた大きなバッグをかけ直す。できるだけ涼しい顔を心がけながら出入り口のドアを開け、受付に近づいた双葉は、担当の女性に笑いかけた。

「こんにちは。十一時に都築先生と約束している双葉と申します」

「双葉さまですね。少々お待ちください」

自分よりもはるかに自然な笑顔の担当者が、内線電話の受話器をとる。確認をとっている間にこっそり背を向け、メイクが崩れていないかを手鏡でチェックした。愛用のパンツスーツにも乱れはない。これなら失礼にはならないだろう。

「ちょっと、大丈夫?」

「うええ、気持ち悪……」

ぜいぜいと息をしているカメラマンの背をさすっていると、担当者が「ただいま参りますので」と声をかけてきた。その言葉通り、まもなくして廊下の奥からスーツ姿の男性がひとり、こちらに近づいてくる。

まっすぐな黒髪に銀ぶちの眼鏡。カメラマンと同じ二十代半ばと思しきその人は、冷ややかな目つきで双葉たちを一瞥した。

「お約束していたライターの方ですね」

「は、はい! 本日はお世話になります」

相手には一分の隙も見当たらない。双葉は思わず背筋を伸ばす。

三十一になる自分よりも年下だというのに、都築には妙な威圧感があった。数学を担当しているというが、なるほどこれは融通がきかなさそうな相手である。無理をしてでも時間厳守してよかったと、内心で胸を撫《な》で下ろす。

「こちらに応接室がありますので」

名刺を交換すると、都築はにこりともせずに背を向けた。廊下の奥にある部屋に案内されたかと思えば、本人は「いまお茶をお持ちします」と言って退室する。

「なんか愛想《あいそ》のない人ですねえ」

カメラマンが肩をすくめた。慣れた手つきで機材を組み立てはじめる。

「まあ、顔がいいから写真うつりはよさそうだけど。笑ってくれそうにはないなあ」

「それはそれで個性が出るんじゃない？　ああいうタイプは無理に笑わせようとしても不自然になるだけだろうし」

「そうですね。けどこのまえの……ええと、モデルの実柚ちゃんだっけ。あの子は自分からいろいろ話してくれましたよね。先生はちゃんと答えてくれるかな」

「どんな相手からもしっかりと話を引き出すのが、私たちの仕事でしょう」

バッグの中からノートとボイスレコーダーをとり出しながら、双葉は言い切る。

フリーライターとして活動をはじめてから、早五年。コツコツと実績を積み重ね、ようやく安定した収入が得られるようになってきた。

半年前からはじまったローカル情報誌のインタビューコーナーは、自分にまかされた貴重な仕事。相手が誰であろうと、気合いを入れて取りかからなければ。

「予備校かぁ……。俺、専門学校だったから大学受験はしてないんですよね。センター試験ってもう終わったんでしたっけ」

「先週末にね。そうでなかったら、インタビューとか引き受けてる暇ないでしょ」

双葉が苦笑したとき、応接室のドアが開いた。

「お待たせしました」

戻ってきた都築はトレイを持っていた。上に載っていたのは、湯気立つコーヒーカップが二客と、なぜかミネラルウォーターのペットボトルが一本。

「カメラマンの方、喉《のど》が渇いているように見えましたので。よろしければ」

「うお、ありがとうございます！　マジでカラカラだったんすよ」

砕けた言葉遣いにひやりとしたが、都築が咎《とが》める様子はない。ペットボトルを受け取って豪快《ごうかい》に水を飲むカメラマンを、黙って見守っている。

図らずもその一件で雰囲気がやわらぎ、その後の取材はスムーズに進んだ。都築は余計なことはいっさい喋《しゃべ》らなかったが、適切な質問をすればきちんと答えてくれるし、仕事に対する情熱も持っていることが見て取れた。

「双葉さん、写真はここで撮りますか？　都築先生の場合、直立不動よりちょっと動きのあるものにしたほうがいいかも」

「そうね。講師らしく教壇に立った写真が欲しいかな。黒板に数式びっしり書いて、指し棒を持って……。先生、どこか空いてる教室とかあります?」

「この時間でしたら、たしか上の教室が……。黒板ではなくホワイトボードですが」

「よし、じゃあそこで撮りましょう!」

撮影では都築が笑うことは一度もなかったが、カメラマンの彼が巧みな話術でいい表情を引き出してくれた。これは仕上がりが楽しみだ。

「――はい、これで終了です。お疲れさまでした」

ノートを閉じると、向かいに座っていた都築がはじめて表情をゆるませた。さすがの彼も緊張していたのかもしれない。ほんの少しだけ口角を上げ、ほっとしたような顔をしている。こちらの視線に気づき、すぐに元に戻ってしまったのが残念だ。

「お忙しいところ、お時間取っていただきありがとうございます」

「いえ。当校の宣伝になるならそれで」

「おまかせください。刷り上がったらお送りしますので、ご期待くださいね」

一仕事を終え、双葉は心地よい疲れに浸りながら予備校を出た。頭の中で文章をまとめていると、カメラマンが「双葉さん」と呼びかけてくる。

「腹減りません?　何か食べましょうよ」

腕時計に目をやれば、時刻は十二時半の手前。会社員らしき女性グループが、財布片手にお喋りしながら眼前を通り過ぎていく。現金なもので、それまで何も感じなかったお腹が、彼女たちの姿を見たとたんに小さく鳴った。

「ま、ちょうどいい時間だしね。少し休憩しようか」

「やった！　俺、肉が食いたいです」

「キミはいつもそれよね……」

若い男性らしい答えに、双葉は小さなため息をついた。午後からも仕事があるし、力をつけたいのはわかる。だが彼の場合、好きな食べ物が肉類にかたよってしまうのが困りものだ。せめて野菜も一緒に摂《と》ってほしい。

（って、私はお母さんか！）

しかしふたりで組んで仕事をすることが多いため、どうにも気になる。

「言っておくけど、牛丼とカツ丼、あと天丼は却下だから。大盛りも禁止」

「えー。仕事のあとに思いっきり食べるのがいいのに」

「お肉はお肉でも、健康的な定食にしなさい。お味噌汁と野菜つきの」

「から揚げとか焼肉ならよろこんで。けど、このへんは詳しくないんですよ。近くに美味《うま》い店とかありますかね？」

「定食がおいしいお店……？」

言われて双葉の脳裏《のうり》に浮かんだのは、一軒の小料理屋。半年ほど前から月に一、二度通っている店だ。いつもは仕事が終わった夜に行くが、あの店はランチタイムも営業している。親しくなった年配の常連客から、昼の定食も美味だと聞いた。

「それだったら、隣の駅にいいお店があるよ。ちょっと行ってみようか」

「電車に乗るんですか？　だったら適当にこの近くでいいんじゃ」

「足を伸ばす価値はあるから。『ゆきうさぎ』っていう名前の小料理屋さんでね」

「こ、この時期になんて寒そうな……。って、双葉さん！　待ってくださいよー」

駅に入ると電車で一駅下り、双葉は連れ回されてやや不機嫌になってしまったカメラマンを「ゆきうさぎ」に引っぱっていく。白い暖簾をくぐって戸を引くと、ちょうどお昼時ということもあって、店内は混雑していた。

「いらっしゃいませ。申しわけありません混み合っていますので、お席が空くまで少々お待ちいただけますか？」

応対してくれたのは、双葉よりもいくつか年上に見える、細身の女性だった。時間が異なるからか、よく顔を合わせるバイトの碧や慎二の姿はない。厨房の大樹は料理にかかりきりで、こちらを気にする余裕はなさそうだ。

五分ほど待っていると、運よくテーブル席のお客が食事を終えて帰っていく。無事に席に着いた双葉たちのもとに、ふたたび女性が近づいてきた。

「たいへんお待たせいたしました。こちらお品書きです」

彼女が差し出したお品書きを、ふたりで上からのぞきこむ。

「本日の日替わり定食は、ナスと豚肉の味噌炒《いた》めです。自家製の柚子味噌を使っております。隠し味に蜂蜜《はちみつ》を加えて味わい深く仕上げています。おすすめですのでぜひ」

「じゃあ俺、それにします。双葉さんは？」

「私も同じものを」

かしこまりましたと微笑んだ女性が、厨房に戻っていく。彼女のたおやかな後ろ姿を目で追いながら、カメラマンが感嘆のため息をこぼした。

「きれいな人ですねえ。女将さんかな」

「パートさんじゃない？　ここのご主人、男性でまだ独身だから」

言いながら、双葉はさりげなく店内を観察した。昼間の「ゆきうさぎ」は、夜とはまた違った活気に満ちている。回転率が高いのでせわしない印象もあるが、それだけ繁盛しているのだから結構なことだ。

「雪村さん、ご注文です」

女性の声に顔を上げた大樹が、双葉たちに気がついた。軽く目を見開いてから、わずかに口角を上げて会釈する。すぐに視線をはずし、調理にとりかかった。

「若い料理人さんだな。俺とあんまり歳《とし》、変わらないんじゃないですか?」

それはきっと、はじめてこの店をおとずれた人は誰もが思うことなのだろう。

年齢が高ければ、経験も豊富に違いないと期待できる。大樹はまだ二十代だから、見た目で侮《あなど》られることもあるのかもしれない。

そんなときでも大樹は何も言いわけせずに、黙々と料理をつくる。彼はわかっているのだ。百の言葉を連ねるよりも効果的な、相手を納得させる方法を。

「ご主人の腕は私が保証する。とにかく一度食べてみて」

「へえ。双葉さんがそこまで言うなら期待しちゃいますよ?」

やがて、女性が注文した料理の皿を運んできた。

「お、いい感じですね」

テーブルに置かれた皿を見て、カメラマンの目が生き生きと輝く。

食べやすいように切り分けた豚バラ肉にピーマン、そして乱切りにしたナスに調味料を絡め、油で炒め合わせたシンプルな一品だ。だからこそ、つくり手の技量がはっきりとあらわれる料理とも言える。

メインのほかには粒が立って光り輝く白米に、なめこと長ネギの味噌汁。そしてお新香《しんこ》がついていた。ご飯のお代わりは自由らしい。気取らない家庭的なメニューは、実家にいたころ母がつくってくれた食事を思い出させる。

箸《はし》を手にした双葉たちは、さっそく味噌炒めを頬張った。

油を吸ったナスの食感はとろとろで、柚子味噌のコクがありつつさっぱりとしたタレがよく絡んでいる。蜂蜜が入っているためか甘さがやや強めで、ピーマンの苦味をやわらげていた。そこに豚バラ肉の旨味《うまみ》が加わり、満足できる味わいに仕上がっている。

「おお、美味い！　ご飯が進む。っていうか、タレだけでもいけそう」

「柚子がいいアクセントになってるね」

どうやら大樹の料理はカメラマンの口に合ったようだ。自信を持ってすすめた手前、気に入ってもらえなかったらどうしようかと心配したが、杞憂《きゆう》でよかった。

「炊きたての飯って最高ですよね」

「うん。パンもいいけど、しっかり食べたいときはご飯に限る」

ほかほかと湯気を立てる白米は、双葉が家で炊くそれよりもふっくらしていて、甘みがあった。水分の量も適切で、歯ざわりもちょうどいい。

おかずを半分残してご飯を平らげたカメラマンは、空になった茶碗を手にいそいそと立ち上がった。自由にお代わりできる大きな炊飯器《すいはんき》を開け、二杯目のご飯をよそっている。

「美味い上に安いなんて、いい店じゃないですか。俺もこれから通おうかな」

「お肉は控えめにしなさいよ」

「わかってますって。双葉さんってほんと、オカンっぽいですよねぇ」

「どういう意味よ。私はキミの健康を考えて……」

おいしい料理は会話をはずませる力があるのか、つい長話をしてしまう。新しいお客が暖簾をくぐり、我に返った双葉たちはあわてて食事を終わらせた。会計をしている間にも新客は続々と入ってくる。

「大ちゃん、こんにちはー。近くまで来たから寄ってみた」

「あれ、花嶋《はなしま》さん。この時間にいらっしゃるなんてめずらしいですね」

(ん?)

店を出る直前に、ひとりの男性とすれ違った。なぜか奇妙な感覚を覚える。

既視感、だろうか？　一瞬だけ見えたその人の横顔が、記憶に引っかかったのだ。面識がないはずなのに、どこかで会ったような……。

「双葉さん、どうかしました？」

「あ、ううん。なんでも……」

その人は女性に案内されて、こちらに背を向けたまま、奥の座敷に行ってしまった。はっきりと誰とは思い出せなかったので、首をかしげながらも外に出る。

「うわ、もうこんな時間だ。午後からも取材があるんでしょ？　急がないと」

カメラマンにうながされて、気を取り直した双葉は駅に向かって歩きはじめる。その間に既視感の正体を考えてみたが、答えが出ることはなかった。

――あの人は、いったい誰に似ていたのだろう？


「はい、そこまで。ペン置いて」

一月三十日、某時刻。静まり返っていた教室に無情な声が響き渡った。

あまりにも意地の悪い解析学の応用問題に半泣きになっていた碧はもちろん、さわやかに顔を上げる学生はほとんどいない。万全の対策を講じて戦いに挑んだはずなのに、思わぬ刺客に叩きのめされてしまった気分だ。

「皆の者、無駄な抵抗はやめて答案用紙を出したまえ。ふふふ、平均点が楽しみだ」

学部の中でも特に有名な曲者《くせもの》教授が、芝居がかった口調で言い放った。

見た目は普通の五十代。しかし、すでに五十年以上は大学に棲《す》みついているという噂《うわさ》もまことしやかに流れていた。碧たちとともに数カ月をこの教室で過ごした教授は、青ざめる教え子らを眺め回して不敵な笑みを浮かべる。

「そのゾンビみたいな顔、いいねえ。絶望的でぞくぞくするよ」

「危ない発言はやめてください」

「それはともかく、きみたちはこれまで何を学んできたのかね。たとえ教科書に載っていなくても、大学に三年もいればこの程度に解けて当然。応用問題のひとつもできずに卒業して、子ども相手にえらそうに教鞭《きょうべん》をふるうつもりかな」

「うっ」

　返す言葉もなく、碧たちはそろってうなだれた。

「おや、だんまりか。いつもはうるさいくらいに元気なのにね」

（あ、あと五分。いや三分あれば解けたかもしれないのに……）

　講義は興味深くてためになる。間に挟まれる雑談や常にヒートアップする学生との討論もおもしろいのだが、この教授がつくる試験問題はおそろしく難解だ。そのうえ容赦《ようしゃ》をしないので、少しでも気を抜けばすぐに脱落してしまう。

　自分の手から離れていく答案用紙を、碧たちはただ見送るしかない。

「きょ、教授！　俺たち頑張りましたよ？　どうかご慈悲を！」

男子学生のひとりが精一杯の同情を引こうとしたが、教授はにやにやするばかり。

「ふっふっふ。これも勉強というもの」

集めた解答用紙を束ねた教授は、意味ありげな目つきで一同を見回した。

「きみたちは一般的に見れば優秀だからね。たいていの問題は、難なく解けてしまうだろう。たまには全力で挑んでも解けない問題にあたって、悔しさを味わうことも必要じゃないかな。そうすれば、算数や数学が苦手な子どもの気持ちも少しはわかるだろう」

「……」

「返却を楽しみにしているがいい。四十点未満の者には、愛ある追試のプレゼントだ」

にっこり笑った教授は、悠然とした足取りで教室を出て行った。残された碧たちは、顔を見合わせ苦笑する。こういうところがあるから、あの教授は憎めない。

「例の最終問題、配点いくつだったっけ？　あれがダメでも赤点は逃れられるか……？」

教授の姿が見えなくなると、教室内はたちまちざわめきに包まれた。

「俺はちょっとまずいかも……。追試は勘弁してくれよー」

「忘れろ。とりあえずテストは終わった。明日から自由の身だ」

「おまえはそうだろうけど、おれはまだ一科目残ってるんだよ！」

荷物をまとめた男子学生たちがにぎやかに騒ぎながら、教室をあとにする。

理系科目は女子にあまり人気がないので、受講人数が少ない。その貴重な女子たちが、帰り支度をする碧に声をかけてきた。

「玉木ちゃん、このあと暇？　みんなでカラオケに行かない？」

「カラオケかー。わたし、あんまり歌うまくないんだよ。恥ずかしいなぁ」

「誰もそんなこと気にしないって。ひとりが嫌なら一緒に歌ってあげるから。テストの打ち上げってことで、ね！」

歌は得意ではなかったが、せっかくのお誘いを断るのはもったいない。うなずいた碧は久しぶりに、彼女たちと繁華街に繰り出すことにした。

テストから解放されたこともあり、同い年の女の子たちと過ごす時間は思った以上に楽しかった。カフェでお喋りをしてからカラオケに行って盛り上がり、解散したときにはいつの間にか十八時を過ぎていた。

(ちょっと遅くなっちゃった。まあいいか。お父さん、外で食べてくるみたいだし)

さて、自分は何を食べようか。疲れているし、わざわざつくるのも面倒だ。

改札を出てすぐの場所にある立ち食い蕎麦《そば》屋から、碧を誘惑するカレーの香りがただよってくる。立てかけてあるメニューの看板を食い入るように見つめていたとき、「碧ちゃん？」と呼びかけられた。ふり向いた先にいたのは、スーツ姿の中年男性。

「あ、花嶋さん。お仕事帰りですか？」

「うん。碧ちゃんは学校帰りかな。バイトは休み？」

「今日までテストがあったんですよ」

そうかと笑ったその人の名は、花嶋匠《たくみ》。「ゆきうさぎ」の常連客のひとりだ。

年齢は四十二、三だったと思うが、趣味で草野球をやっているそうで、太ってはいないしお腹も出ていない。顔の造作に目立った特徴はないものの、よく見れば目元がシャープで格好よかった。肌に張りがあり、シミやしわが少ないからか、若々しい印象もある。

食品メーカー勤務の営業職で、性格は気さくで社交的。そのわりに寡黙《かもく》な碧の父とは意外に気が合うらしく、よく一緒に飲んでいる。同じ町内在住で、今日は仕事がはやく終わったため、「ゆきうさぎ」で食事をするとのことだった。

「玉木さんは別の店か。残念だな。もしいたら熱燗で一杯やりたかったのに」

「彰三《しょうぞう》さんならいるかもしれませんよ」

「常連のヌシだからなあ。そうだ、碧ちゃんも暇だったら行かない？　たまにはお客さんになってもいいんじゃないの。タマだけに。なんちゃって」

「……………」

「あ、引かないでよ。ちょっと若い女の子と飲みたかっただけなんだって！」

いつもの冗談だとわかっていたので、碧も軽く受け流す。

花嶋と並んで歩いていると、やがて「ゆきうさぎ」が見えてきた。

明かりがついていた店の前には、ひとりの女の子がしゃがみこんでいる。ショート丈の茶色いダッフルコートを着た彼女は、じゃれついてくる虎次郎の体を嬉しそうに撫《な》でまわしていた。彼女の横には同い年くらいの男の子が立っていて、武蔵とにらみ合っている。

（あれ？　あの子……）

赤いチェックのスカートを穿《は》いた女の子は、たっぷりとした長い髪の毛先が少しだけカールしている。明かりに照らし出された横顔がはっきりと見えたとき、碧は思わず息を飲んだ。隣に目をやると、花嶋が一歩、前に足を踏み出す。

「実柚、こんなところで何してるんだ」

はじかれたようにこちらを見た彼女は、間違いなくモデルの「睦月実柚」だった。


「花嶋さんの娘さん!?」

数分後、「ゆきうさぎ」のカウンター席に腰かけた碧は、衝撃の事実を聞いて驚きを隠せずにいた。厨房の大樹も同じようで、目を丸くして花嶋を見つめている。

「でも苗字《みようじ》が違いますよね。もしかして芸名ですか?」

「そうだよ」

うなずいた花嶋は、碧の右隣に座り、大樹がつけた熱燗の日本酒を楽しんでいる。

「本名は花嶋実柚。睦月は創作だよ。実柚が仕事をはじめたのが一月ってことで」

「なるほど……」

大樹の家で情報誌を見たとき、インタビューのページに掲載されていた写真。

誰かに似ていると思ったが、答えは花嶋だったのだ。父と娘だから瓜二つではないけれど、全体的な印象が似通っている。

花嶋にはふたりの娘がいて、上が中三で下が小二。ここまでは知っていたが、まさか上の子が芸能活動をしているとは思わなかった。大樹の表情を見る限り、彼もそこまでは知らなかったようだ。

碧の脳裏に、先刻の光景がよみがえる。

『こんなところで何してるんだ』

花嶋に声をかけられた実柚は、すぐに眉を寄せ、不機嫌そうな顔になった。

その表情は、明るい笑顔で写っていた雑誌の写真とはまったく違う。動揺する碧をよそに、父親である花嶋の態度は変わらない。

『学校帰り……じゃないよな。もう暗いし、はやく家に帰りなさい』

『お父さんには関係ないでしょ』

立ち上がった彼女はそっけなく答え、そのまま走り去ってしまった。

まっすぐ家に帰ったのか心配だったのだが、後《のち》に花嶋が奥さんに確認したところ、無事に帰宅したらしい。実柚の反応が友好的には見えずにうろたえていると、花嶋は『いつもだいたいあんな感じ』と、さびしげに笑った。

『反抗期なのかな。碧ちゃんと玉木さんの仲良しぶりがうらやましいよ』

(そういえば花嶋さん、上の子からは邪険にされてるって言ってた……)

軽い口調だったけれど、父親としては悲しいだろう。

思い返してみれば自分も、中学生のころはひねくれていて、些細なことでへそを曲げていた。それが反抗期というものだと言ってしまえばそれまでだけれど。

「実柚としては、あんまり大っぴらにはしたくないみたいなんだよ」

お猪口の日本酒を飲み干した花嶋は、徳利《とっくり》から二杯目をそそぎながら続ける。

「小学生のころに身内が読者モデルに応募して、本人もあこがれみたいな、軽い気持ちではじめた仕事だから。成長したいま、続けていこうかどうか迷ってるらしいんだ。ちょうど中三で受験が控えてるからさ。いろいろ考えているみたいでね」

「そうだったんですか……」

「とはいえ、もちろん実柚がその道で活躍してくれたら、親としても嬉しいよ。やっぱり自慢に思うしね。このまえは隠し切れずに、つい玉木さんにバラしちゃって」

「父に？」

花嶋は「酔ってたから」と苦笑いをする。

「十一月の終わりくらいだったかなあ。『ゆきうさぎ』じゃなくて、別の居酒屋で一緒になったときにね。玉木さん、口が堅そうだしいいかなって。端役《はやく》だけど、はじめて出演した映画のタイトルを教えたんだ」

その話を聞いたとき、合点がいった。

ちょうどそのころ、父は普段は観ない邦画のＤＶＤを借りていた。あれは花嶋に教えてもらったタイトルだったのだ。碧の問いかけに言葉を濁《にご》していたのも、他人には黙っているという約束を守ったからに違いない。

「――というわけで、花嶋家の秘密は以上！」

それ以上の話をする気はないらしく、花嶋はにこりと笑って両手を叩いた。立てかけてあったお品書きを引き寄せ、碧に手渡す。

「碧ちゃん、今夜は俺がおごるから好きなだけ食べていいよ」

「ええっ。そんな、できませんよ！　わたしの胃袋がどれだけ大きいかご存じでしょう」

「いいからいいから。その代わり、いまの話は内緒にしておいてね」

花嶋はためらう碧にかまわず、大樹にお酒とおつまみを注文した。

冬季限定の熱々おでんに、紅茶で煮込むことで臭みをとった、香り高い茹《ゆ》で豚。とろけるような鱈《たら》の白子《しらこ》をバターでソテーしたものに、柚子味噌をたっぷり塗って焼いたナスの田楽。もちろん〆《しめ》のご飯も欠かせない。はじめは遠慮していた碧も、次から次へと出される料理に食欲をそそられ、気持ちよく平らげてしまう。

「ああ……。やっぱり雪村さんの手料理は最高です」

「そろそろデザートにしようか。大ちゃん、何かいいものある？」

「おまかせでよければ」

大樹は裏の大きな厨房から、丸みを帯びたガラスの器を二客持ってきた。中にはあらかじめつくって冷やしておいたと思われる、白いプリンのようなものが入っている。上にはオレンジ色のペーストが飾られ、ミントの葉が彩りを添えていた。

「上にのっているのはジャム？」

「柚子のマーマレードです。つくりかたは同じでも、皮が入るかどうかで名称が分かれるんですよ。下はヨーグルトムースなのでさっぱりするかと」

「これ、わたしがまだ味見してないデザートですね！」

「タマが試験休み中につくったものだからな」

碧は期待に胸を躍《おど》らせながら、ムースにスプーンを差しこんだ。

マーマレードと一緒に口に入れると、柚子の香りが鼻を通り抜ける。ヨーグルトの酸味も爽快《そうかい》だ。ほどよく泡立てた生クリームが入っているらしく、舌触りもなめらか。喉越しもよいので後味もさわやかだった。

「うう、甘酸っぱくておいしい。お代わりありますか？」

「あるけど数が少ないんだ。食い尽くさないでくれよ」

「残念……。でもこれだけおいしいんだから、ほかのお客さんにも召し上がってもらいたいですもんね。よし、大事に食べよう」

じっくり味わう碧の横で、食べかけのムースを見つめながら、花嶋が口を開いた。

「柚子、か」

小さなつぶやきが、空気に溶けて消えていく。

もしかしたら、その名をつけた娘のことを考えているのかもしれない。碧と父のように花嶋もいつか、実柚と笑顔で話すことができる日が来るのだろうか。

最後に食べたマーマレードのほろ苦さが、なんとなくせつなかった。

第3話　おひとりさまに乾杯

二月のはじめ、数日前に受けた試験の答案用紙が返された。

（ご、五十五点……）

席に戻ってちらりと点数を確認した碧《あおい》は、名前の横にでかでかと記された赤文字の点数にめまいを覚える。専門科目でここまで低い点数をとってしまったのは、小学校までさかのぼっても記憶にない。

しかしそれは碧に限らず、同じ講義をとっている学生たちも同じだったようだ。そこかしこで阿鼻叫喚《あびきょうかん》の騒ぎとなっている。難問をぎっしり詰めこんだテストを作成した担当教授は、頭をかかえる教え子たちの姿を楽しそうに見つめていた。

「た、玉木《たまき》ちゃん。どうだった？」

「ボロボロだよ……。赤点は免《まぬが》れたけど」

「私も。こんな点数、高一のとき以来じゃないかなあ。ま、あのときは勉強もしないで遊び歩いてたから自業自得《じごうじとく》なんだけど」

隣に座る女子学生がため息をつく。こっそり見せてくれた点数は、碧とほぼ同じだ。

両手を叩いてざわめきをおさめた教授が、晴れやかな笑顔を見せる。

「諸君、よろこぶがいい。なんと平均は五十三点。思っていたより頑張ったじゃないか」

「教授の鬼！」

「何を言う。ちなみに最高は八十七点。私の講義をしっかり聞いて復習すれば、これだけの高得点をとれる者もいる。そして四十点未満の落第者は……三名か。これも想定よりは少ないな。なかなか貴重なデータがとれた」

「データって。妙な実験しないでくださいよ……」

「統計学と確率論について、少々な。いま書いている論文に活かそう」

学生たちの抗議の声もどこ吹く風で、教授は満足げにうなずいた。

「なに、心配することはない。追試でそれなりの点さえ取れば単位は出す。その代わり死ぬ気で取り組むように」

肩を落としていた落第組が、ゆっくりと目線を上げる。

彼らひとりひとりと目を合わせ、教授はやわらかく微笑《ほほえ》んだ。

「心配はいらない。これしきの試練、いまの諸君なら突破できるだろう」

(もしかして)

厳しいと有名だが、途中で脱落せずにここまでついてきた時点で、全員がすでに合格値に達しているのではないだろうか。教授の言動を見ているとそんな気がした。

「ほかの者はこれにて終了。就職活動や卒論の準備で忙しい者も多いだろうが、大学はあと一年ある。最後まで気を抜くことなく、全員無事に卒業するように」

「はい！」

「院を希望するという者はぜひとも私の研究室に来るがいい。歓迎しよう」

その言葉で、碧の大学三年生は終わりを告げた。約二カ月に渡る長い春休みを過ごしたあとには、いよいよ最終学年になる。

「玉木ちゃん、カフェテリアでお茶してかない？」

「あ、ごめんね。今日はバイトがあって」

両手を合わせた碧は、荷物をまとめて教室を出た。

講義が行われていた教室は、敷地のはずれに位置する古い棟だ。キャンパス内でもっとも歴史のある建物だと言われている。赤茶色のレンガ造りに蔦《つた》が絡むというレトロな建物とも、今日でお別れ。そう思うとさびしくなる。

碧が通っている私立大学のキャンパスは、繁華街や住宅地から少し離れた、閑静《かんせい》な場所に位置している。敷地内には緑が多く、気持ちのいい芝生《しばふ》もある。気候がよければ、ピクニックのように外でお弁当を食べる学生も多かった。

環境が校風に影響するのかはわからないが、キャンパスに集《つど》う学生や職員は、どことなくのんびりしているように見える。しかし教育には力を入れているため、油断して遊びほうけていれば、あっという間に転落してしまうだろう。

大学は高校までのようなクラス編成はなく、時間割りも人によって違う。あらかじめ履修登録しておいた講義を所定の教室で受け、必要な単位数がそろえば卒業できる。

学生とはいえ、もう子どもではない。自由度が高い代わりに、選択したことには相応の責任を持たなければならない場所。それが大学だ。

入学してから約三年、幸いにも単位を落とすことなくここまで来た。成績もまずまずで順調に卒業に向かっている。

――大学生活もあと一年……。

ついこの前入学したばかりだというのに、時の流れは本当にはやいと思う。

来年の春、自分はどこでどうしているのだろう。見えない未来は楽しみでもあったけれど、わからないがゆえに怖くもあった。

「うわ、寒い！」

建物を出たとたん、外の空気の冷たさに身震いした。東京でも二月ともなれば、雪が降るほど気温が下がる日もある。碧は手にしていたマフラーを首に巻いたが、手袋を忘れてきたことに気がついた。

(……しまった。今日に限ってカイロもない)

しかたなく、両手をコートのポケットに突っこんで歩き出す。

正門につながる道を進んでいると、金網の向こうにテニスコートが見えてきた。試験が終わったので、テニス部が活動を再開している。ジャージ姿とはいえ寒そうだ。マラソンをする、どこかの運動部らしき集団ともすれ違う。

（走ればあったかいかな。でも疲れるのは嫌だし……）

とりとめのないことを考えていたとき、前方を歩くカップルの姿が目に入った。

自然に寄り添うふたりの片手は、しっかりとつながれている。後ろ姿だから表情は見えなかったけれど、醸《かも》し出される雰囲気は砂糖菓子のように甘くて、幸せそうだった。どちらも素手だったが、そこだけほんわかとした何かで包まれているかのようだ。

「………」

碧はポケットから片手を出した。バイトでは食べ物を扱うから、爪は短く切っている。常に清潔にしていなければならないため、手洗いも欠かせない。寝る前にハンドクリームでケアしているが、乾燥する冬はどうしても荒れてしまいがちだ。

（このひどい手じゃ、つなごうにもつなげないな。それ以前に相手がいないけど）

女子としていかがなものかと思ったが、だからといってこの手を嫌っているわけではなかった。爪を伸ばし、カラフルなネイルアートで飾るのも楽しいだろう。けれどそれでは「ゆきうさぎ」で働けない。だったらこのままでもかまわなかった。

——でも、雪村《ゆきむら》さんの手はきれいだよね……。

料理をする大樹《だいき》の手を思い浮かべた碧は、すぐに我に返ってあたふたする。きれいだからなんだというのだ。妙なことを考えてはいけない！

(か、帰ろう。寒いからあったかいものが恋しいだけだよ)

うろたえた碧は自分に言い聞かせ、足早にカップルを追い抜いた。

ふり返ることなく駅に向かい、電車で家の最寄り駅に戻る。出勤時間には少し余裕があったので、駅ビル内の書店に足を伸ばした。年末まで「ゆきうさぎ」で働いていた元バイト仲間の菜穂《なほ》が、いまはそこで勤務している。

彼女を探して店内をうろついていると、料理本のコーナーで棚整理をしている姿を見つけた。とはいえ仕事中に声をかけては邪魔かもしれない。ためらっている間に、視線に気づいた菜穂がこちらを向いた。すぐに笑顔になる。

「タマさん、いらっしゃいませ！　お買い物ですか？」

バイトから契約社員に上がったため、まかされる仕事も増えたらしい。書店のロゴが入ったエプロンをつけた菜穂は、「ゆきうさぎ」で常連客を相手にしていたときのように生き生きしている。割烹着《かっぽうぎ》姿を見られなくなったのは残念だが、いまのユニフォームも彼女にはよく似合っていた。

「お仕事中に押しかけてすみません。ちょっとミケさんの顔が見たくなって。シフトは五時までですか?」

「ええ。でも今日は、上がったらリリちゃんの家に行くつもりで」

リリちゃん? と首をかしげた碧は、ややあって思い出す。

東凜々子《あずまりりこ》——都内に住んでいるという菜穂の従姉《いとこ》だ。秋ごろに彼女の母が「ゆきうさぎ」に突撃……もとい、菜穂をたずねてきた縁で、一度だけ会ったことがある。キャリアウーマンという言葉がよく似合う、名前通りの凜《りん》とした女性だった。

「風邪をひいたみたいで、昨日から会社を休んで寝こんでいるんですよ。休憩中に電話したら、まだ熱が下がらないらしくて」

「それは心配ですね。凜々子さんってひとり暮らしでしたっけ」

「伯母と同居する話もあったんですけど、決裂しましたからねえ。看病してくれる彼氏もいないし……って、これは内緒にしておいてくださいね?」

唇の前に人差し指を立て、菜穂は話を続ける。

「リリちゃんって見た目は格好いいけど、家の中はその、まあ……アレなんです。だから片づけがてらに様子を見に行こうかと」

言葉を濁《にご》されると気になるが、ここは訊《き》かないでおこう。

その後も数分ほど人気の新刊について話をしていると、出勤時間が近くなった。菜穂と別れた碧は、エスカレーターを降りて駅ビルを出る。吹きつける木枯らしは冷たくて、体調を崩すのも無理はないと思った。

(凛々子さんの具合、たいしたことなければいいけど)

そんなことを考えながら、碧は背中を丸めて「ゆきうさぎ」に向かった。

凛々子の意識を戻したのは、かすかに聞こえてきたインターホンの音だった。

――ああ、菜穂が来たのかな。

いつの間にか日が暮れていたようで、室内は真っ暗だった。手探りで枕元のスマホを引き寄せると、ディスプレイのデジタル時計は十八時二十五分を示している。仕事が終わったあとに来ると言っていたから、ちょうどいい時間だ。

熱はまだあるようで、体のだるさは眠る前とほとんど変わらない。

億劫《おっくう》に上半身を起こした凛々子は、サイドテーブルのリモコンに手を伸ばした。明かりをつけたとき、ふたたび軽快な音が鳴る。

「はいはい、いま行きますよ～」

凛々子は着古したスウェット姿のまま、ベッドを抜け出した。気を遣う相手ではないので、部屋を片づけることもしない。おぼつかない足取りで玄関に向かい、サンダルをつっかけた。鍵を開ける寸前ではたと気づき、ドアスコープを確認する。

（よし……。菜穂だ）

施錠《せじょう》を解いてドアを開けると、そこには着ぶくれした雪だるま——ではなく、体だけがまるまると太った菜穂が立っていた。この従妹《いとこ》は極度の寒がりのため、冬に外出するときはいつもこんな格好だ。

「あいかわらずの厚着だね……」

「だって寒いし。夜はもっと気温が下がるんだよ。装備は万全にしないと」

口元がマフラーで隠れているせいで、くぐもった声が返ってくる。ここは雪国かと思いつつ、凛々子は体をずらして道を開けた。

「ちょっとこれ置かせてね。靴脱ぐから」

そう言った菜穂が、上がりかまちに自分のバッグと大きな白いレジ袋を置いた。隣に腰かけてロングブーツを脱ごうとしているが、足がむくんでいるのかうまくいかない。ぼんやり見守っていると、ようやくタイツを穿《は》いた右足がすっぽ抜ける。

「ふう。次は左！」

「ゆっくりやりなよ。荷物は先に持っていくから」

最後まで見届けるつもりはなかったので、凜々子はバッグとレジ袋に手を伸ばした。

(なにこれ。重っ!)

どちらも意外に重量があり、熱のある体にはきつかった。よろよろと部屋に戻る。

凜々子の住まいは、中央線の西荻窪《にしおぎくぼ》駅近くにある小さなマンションだ。

三年前、三十歳になった記念にと、それまで暮らしていた狭苦しいワンルームを引き払って移り住んだ。わずかながらも給料が上がったので、少し贅沢《ぜいたく》をしたくなったのだ。高級ブランドのバッグや洋服を買うよりも、どこかに旅行に行くよりも、凜々子はひとりでのんびり過ごせる家が欲しかった。

厳選してこれだと決めたマンションは、築年数はあるが、やや広めの1DK。家賃は上がったけれど、日当たりがよくリフォームも行き届いているのでお気に入りになった。

だからできるだけ散らかさず、快適に暮らしたいとは思っているのだが……。

ダイニングの床にバッグとレジ袋を置き、ひと息ついたとき、思いのほかはやく菜穂がやってきた。防寒着はすでに脱ぎ、小脇にかかえている。モヘアのカーディガンにスカート姿になった彼女は、室内をひと目見るなり肩を落とした。

「わかってはいたけど。病気だし、予想はしてたけど……」

「はっきり言えば」

「リリちゃん、汚い！　いつも以上に！」

キッチンとつながった狭いダイニングは、なかなかにひどい有り様だった。

ふたり用のお洒落《しゃれ》なカフェ風テーブルの上に放置されていたのは、パンの空き袋とおにぎりの包み紙。食べかけのお菓子のパッケージもあった。

ビールの空き缶とミネラルウォーターのペットボトルも転がり、公共料金の領収書やチラシ、ペンにメモ用紙、その他こまごましたものが散乱している。ゴミとモノであふれているため、食事をするスペースはどこにもない。

「可愛《かわい》いテーブルなのに。高かったんでしょ、これ」

「大丈夫。物置としては優秀だから……」

キッチンのシンクはきれいだったが、あまり自炊《じすい》をしないので当然ではある。流しにはここ数日洗っていないコップや皿が水に浸けられ、てんこ盛りになっていた。

お弁当やお総菜の容器は、簡単に水洗いしてゴミ袋に入れている。しかし収集日を逃したせいで、生ゴミの袋と一緒に、キッチンの隅《すみ》で不穏な気配を放っていた。

「夏だったら大変だよ!?　冬だからまだいいものの」

「暑い日はそれなりに掃除してるってば。臭うのは嫌だし」

凜々子としても、せっかくの住まいを汚部屋《おへや》にはしたくない。

何もかもがきっちり片づいているよりは、少し雑然としているほうが、生活感があって落ち着く。だが、忙しかったり病気になったりすると気力を失い、「少し」どころではなくなってしまう。きれい好きの菜穂はそんな自分を心配して、定期的にマンションにやってきては文句を言いつつ掃除をしてくれるのだ。

「紀美栄《きみえ》伯母さんが見たら絶対に怒るよ」

「もう怒られた。でもお母さん、一緒に住む気はないみたいだから」

数カ月前のある日、母はとつぜん東京にやってきた。

菜穂に強制お見合いをさせるつもりで、バイト先まで押しかけていったのだ。それを自分が間に入ることで、なんとか事なきを得た。

母曰《いわ》く、いまだに独身を貫く凜々子の二の舞をさせたくなかったようだが、菜穂にとっては実に迷惑な話だ。そもそも凜々子が地元を出たのも、大学卒業後は即座に嫁に出そうとした母の強引さに嫌気がさしたからなのだ。娘があれほど抵抗したものを、今度は姪《めい》に強制しようとするなんて、まったく懲《こ》りない人である。

結局その日は母を自宅に連れ帰り、一晩泊めることにしたのだが。

『なんなのこの汚い部屋は！　少しは片づけなさい！』

何年ぶりかに落ちた雷《かみなり》は、うんざりしつつもなつかしかった。

子どもたちを自立させ、夫に先立たれた母は、地元の町でひとり暮らしをしている。近隣には親戚の家が何軒かあり、いざというときは助け合える。友人もいるようだが、田舎特有の閉鎖的な社会は、我が強い母には少し窮屈《きゅうくつ》なのではないかと思った。だから同居して東京で暮らそうと言ったのだが、冗談ではないと一蹴《いっしゅう》されてしまったのだ。

『私は娘にあれこれ世話してもらうほどの年寄りじゃありません。しかも嫁入り前の娘の家に身を寄せろですって？　そんなことして、ただでさえ低い結婚の可能性が消えたらどうするの！　私はまだあきらめてはいませんからね』

『だからって、菜穂にやったみたいなことはもうしないでよ』

『……あの子には、あとでちゃんとあやまっておくわ』

気まずそうにしていたから、自分でもやりすぎたという気持ちはあったのだろう。

それでも昔のように、憎々しくは思えないのが不思議だった。母の干渉は受けない、自分の思う通りに生きると宣言して家を出たが、やはり心のどこかでは、親の希望に応えられなかったという負い目があるのかもしれない。

凜々子は三姉妹の長女で、下にふたりの妹がいる。妹たちはすでに家庭を持ち、三十を過ぎても独り身なのは自分だけ。もちろん後悔はしていないが、それが原因で母が親戚から責められたと聞けば、さすがの凜々子の胸も痛む。

(でも私には仕事があるし、家もある。いまの生活に不満はないんだよ)

地元ではいまだに、女性は若いうちに結婚するべきという価値観が根付いている。その物差しで測れば、凜々子は異端であり非常識な娘なのだ。古臭い考え方が嫌で地元を出てから、すでに十年。年老いた母は白髪が増え、前よりも痩《や》せて小さくなっていた。嫁《とつ》いだ妹たちとはあまり深いつき合いをしていない。菜穂は母方の従妹だが子どものころから仲がよく、実の妹以上に気の置けない間柄だった。

「ここは私が片づけるから、リリちゃんは休んでて。ご飯は食べた?」

「お昼ごろにゼリーを半分……?」

「それじゃ力がつかないでしょ。とにかくいまはベッドに入ってて」

「仕事のあとなのに悪いね」

「いいよ。私が気になって押しかけたんだから」

背中を押された凜々子は、おとなしく自室に戻った。

ふたたび布団にもぐりこんだところで、ふと室内に目を向ける。床では積み重ねていた本や雑誌が雪崩《なだれ》を起こしていた。衣類も散らばり、封も開けずに放ったままの服や雑貨の紙袋もいくつかある。

窓辺に置かれた金属製のケージでは、半年前に迎えたゴールデンハムスターを一匹飼っていた。どれだけ具合が悪くても、可愛いあの子の世話だけは欠かさず行っている。夜行性のため、覚醒《かくせい》したハムスターは今日も元気に滑車を回していた。

それはともかく、部屋を片づけたほうがいいだろうか。いや、片づけておくべきだ。しかし一度布団に入ってしまうと、なかなか外には出たくない。気だるい体はなおも熱く、急速な眠気が押し寄せてくる。

あらがえずに目を閉じた瞬間、凜々子の意識はあっけなくさらわれてしまった。

「リリちゃん、起きて」

軽く肩を揺すられて、まぶたを開く。枕元に立つ菜穂がこちらをのぞきこんでいた。

「お粥《かゆ》つくったよ。林檎《りんご》もあるから。食欲なくても少しはお腹《なか》に入れておきなよ」

「……いま何時？」

「八時ちょっと前だよ。あ、さっきハムちゃんに野菜、あげておいたからね」

ゆっくり起き上がると、いつの間にか室内がきれいに整頓《せいとん》されていた。

積み直された本と雑誌に、たたまれた洋服。そこまでさせてしまって申しわけなく思ったと同時に、十年以上も前の記憶がよみがえる。

（お母さんも、昔はよく部屋の片づけしてくれたっけ……）

地元の大学を出て東京で就職するまで、凜々子は実家で家族と暮らしていた。

ある程度は雑然としているほうが好きな凜々子に対して、母はきちんとしていなければ気がすまない人だから、よく部屋が汚いと怒られた。業《ごう》を煮やして掃除をされたこともあったが、思春期の自分は「勝手に部屋に入るな」と嚙《か》みついたのだ。

母も自分も気の強さが災いして、些細《ささい》なことで対立した。それでも見捨てず、文句を言いながらも大学まで出してくれたのだから、そのことには感謝している。しかしいまさら仲がよくなるわけもなく、関係はあいかわらずなのだけれど。

「はいこれ。ちょっとでもいいから食べて、薬飲んで」

菜穂はプラスチック製の四角いトレイをベッドに置いた。そこにはひとり用の土鍋で湯気をたてる卵粥と、うさぎの形に切った林檎を盛りつけたガラス皿が載っている。

「菜穂がつくったの？　レトルトじゃなくて？」

「そんなにむずかしいものでもないから」

トレイには水が入ったコップと風邪薬も用意してある。薬は昨日に飲み切って、林檎も家にはなかったので、菜穂がどこかで買ってきたのだろう。

刻んだ小ネギを散らしたお粥から、優しい出汁《だし》の香りがする。

スプーンですくって口に入れると、とろみのある溶き卵とやわらかく煮たお米が、弱った胃に染み渡っていく。食べやすいこともあり、食欲に火がついた。

「味、薄くない？　大丈夫？」

「これくらいでちょうどいいよ。おいしい。でもなんか中華っぽい？」

「あたり。前に大樹さんから教えてもらったの。鶏《とり》ガラスープとゴマ油が入ったお粥。ほんとはもっと具が入って味も濃いんだけど、病人向けにあっさり系にしてみました」

「へえ……。さすが、小料理屋で働いていただけのことはあるね」

「調理の手伝いをすることもあるから、自然と身についていった感じかな。リリちゃんも一度、食べに行ってみなよ。大樹さんのお料理、すごくおいしいから」

「でも小料理屋って和食が多いでしょ。口に合うかな」

洋食が好きな凜々子は、旅館や料亭で出されるような本格的な和食が苦手だ。一般的な家庭料理は普通に食べるが、凝《こ》った料理や珍味はことごとく合わない。だから外食のときも、その手の店にはあまり行くことがなかった。

「大丈夫だと思うよ。洋風のお料理も置いてるし。オムレツとかビーフシチューとか」

（そういえば、菜穂はいつの間にか料理ができるようになったな）

二、三年前の彼女は凜々子と同じく、ひとり暮らしでもほとんど自炊をしようとはしなかった。「めんどくさい」が口癖で、興味が持てないことには努力もしない。菜穂にとっての料理は、間違いなく面倒なことのはずだったのだが。

『そうだねえ。やっぱりバイト先の影響かな』

いつだったか、菜穂は凜々子に手の込んだ夕食をふるまってくれた。どれもおいしかったのでその腕を褒めたとき、彼女は照れくさそうにしながらも、自分の心境の変化について語った。

『あそこのお客さんって、みんな本当においしそうにご飯を食べるんだよ』

菜穂はそのときのことを思い出すように、目を細めた。

『私がつくった簡単なおつまみでも、よろこんで平らげてくれるの。そんなお客さんたちを見てたら、料理って楽しいな、もっと腕を上げてみたいなと思って。だから面倒だとは感じなくなったんだと思う』

誰かのために料理を覚えたい。

凜々子も昔、彼氏とつき合いはじめたころは、そんな気持ちになったことがある。本棚の奥にもたしか、浮かれていたときに買った料理本が何冊か隠れているはず。結局は長続きせず、本はほとんど開かれることなく埃《ほこり》まみれになってしまったが。

『それに、自分のためにする料理をするのもいいものだよ。自分好みの味つけでご飯が食べられるし、常備菜とかのつくりおきができたら経済的にも助かるしね。外食ばかりだとやっぱり栄養がかたよっちゃうじゃない？』

『なるほどね。自分でおいしいものがつくれるようになったから、最近ちょっとふっくらしてきたわけか』

『リリちゃん、それは言わないお約束！』

――小料理屋のバイトを通して、菜穂は変わった。

生活能力が上がったと言えばいいのか。掃除や片づけは得意でも、以前の彼女は食事に関しては適当だった。

しかし料理を覚えたことで自炊をするようになり、健康にも気を遣いはじめた。収入も前よりは安定したので、自立のための生活基盤がととのったのだろう。そういった自信や余裕が、いまの菜穂からはしっかり感じられた。

（生活能力に関しては、完全に追い抜かれちゃったなー……）

苦笑した凜々子は、うさぎの林檎をつまんでひと口かじった。

甘酸っぱい果汁が喉《のど》を潤《うるお》し、さっぱりとした気分になる。薬を飲んで蒸しタオルで体を拭き、新しいパジャマに着替えると、だいぶ体が楽になっていた。

「よかった。熱、引いてるよ」

体温計を見た菜穂が胸を撫《な》で下ろす。昼間は三十八度を超えていたが、いまの体温は三十七度六分まで下がっていた。まだ少し熱っぽさはあるけれど、ぼんやりしていた頭はクリアになって、何かをしようという意欲も湧いてくる。

「あたたかくして休めば、朝には平熱に戻るんじゃない？」

「今日は金曜だし、とりあえず週末も安静に過ごすよ。いろいろありがとね」

「ふふ。次に会うときには、大きなパフェでもおごってもらおうかな」

冗談めかした言葉に、凜々子も笑いながら「太るよ〜」と返す。ふたたびコートを着こんだ菜穂は、じゃあねと手をふり、帰っていった。

ドアが静かに閉まる。ブーツの足音が遠ざかると、鍵をかけた。

ここから菜穂の家までは三十分ほどかかるはずだから、帰宅するのは二十一時半を過ぎるだろう。翌日も朝から仕事があるのに、悪いことをしてしまった。

（でも……）

具合が悪いと気力も弱まる。そんなときにこちらの体を気遣い、世話を焼いてもらえたことが嬉《うれ》しかった。孤独には慣れているつもりでも、こういった日は否《いや》が応《おう》にも不安になる。だから菜穂の優しさが、いつも以上に身に染みた。

――体調が回復したら、おいしいパフェの店を探そう。

微笑んだ凜々子は、踵《きびす》を返して部屋へと戻った。


菜穂が帰ったあとのキッチンには、卵粥のほかにもうひとつ、鍋が残されていた。

コンロの上にのせられた鍋の蓋《ふた》を開けると、中にはざく切りにしたキャベツと根菜、そして厚切りベーコン。それらをスープで煮込んだポトフが入っていた。

(色が赤い。トマトかな)

お玉ですくい、ひと口味見をしてみる。

味つけは黒コショウとコンソメ、そしておそらくオレガノ。ニンニクも隠し味になっているかもしれない。上にはチーズがとろけていて、ドライパセリが散らしてある。熱々にして食べれば体が芯からあたたまり、栄養もとれてお腹も満たされる一品だ。

翌朝起きると、熱は無事に下がっていた。しかしまだ外に出る気力はなかったので、週末はこのポトフをありがたくいただくことにする。

「あー幸せ……」

きれいに片づいた部屋で食べるポトフと、トースターで焼き目をつけたバゲット。

数日前にパン屋で買ったバゲットはかなり硬くなっていたが、気にしてはいけない。こんがり焼いてバターを塗れば、もうそれだけでごちそうだ。

「洗いものは……あとでいいか」

食後は丁寧に淹《い》れたコーヒーをゆっくり楽しみながら、未読の雑誌に目を通す。書店の袋に入ったままの新刊も、いまのうちに読んでおこう。こんなときでもないと、腰を据えて読書に没頭することはできないだろうから。

今日は気温が低いそうだが、幸い自分には関係ない。凜々子はあたたかな家から一歩も外には出ず、好きなことをしてぬくぬくと過ごした。

誰にも邪魔されない、贅沢なひとりの時間。

だらしない格好をしていても、文句をつける人はいない。食事もお風呂も自分の都合に合わせられる。怠惰《たいだ》に昼寝をしようとペットと思うぞんぶん戯《たわむ》れようと、すべてが自由。こんなに気楽なことがあるだろうか。これぞひとり暮らしの醍醐味《だいごみ》だ。

〈具合はよくなった?〉

仕事の合間にメッセージをくれた菜穂に〈もう平気!〉と返信をして、凜々子はごろりとベッドの上に寝転がる。土日をのんびりと過ごしたおかげで、心身ともにリフレッシュできた。たまにはこうして、何も考えずに休む時間も必要だ。

できることなら一カ月くらい、この幸せな日々が続けばいいのに。

（……無理か。あと三時間で月曜だし）

楽しいときはあっという間に過ぎてしまうもの。

病み上がりの体調をととのえるため、生姜《しょうが》湯を飲んだ凜々子は、普段よりもはやく床に就くことにした。明かりを消してベッドに入ろうとしたとき、着信音が響く。

こんな時間に誰だろう。ディスプレイを見た凜々子は、目を丸くする。

「もしもし、お母さん？」

『……あなた、風邪をひいているんですって？』

なぜそれを。黙りこんだ凜々子に、母は『菜穂から連絡があったのよ』と言う。

『それで、どうなの。熱は下がったの？』

「うん、まあ……。土日でだいぶよくなったから大丈夫。明日は会社に行けるよ」

『そう』

ふたたびの沈黙。母が自分から電話をしてくるなんて、何年ぶりのことだろう。

母の近況は妹たちから聞いていたため、ここ数年は年賀状のやりとりくらいしかしていなかった。心境が変わったのは、やはり先日の件があったからなのか。どちらにしろ、めずらしいこともあるものだ。

『とにかく、体調には気をつけなさい。もう若くないんだから』

最後に小さな棘《とげ》を刺し、通話が切れた。

なんとも母らしい。けれど自分を気遣ってくれたことがわかったので嬉しかった。

明日からはまた、日常がはじまる。その戦いに挑むための英気を養うべく、凜々子はやわらかい布団の中にもぐりこんだ。


一定の間隔を置いて、繰り返し鳴り響くアラーム。凜々子は小さくうなりながら、スマホを探った。まだ完全にまぶたが開かず、薄目で時刻をたしかめる。

――七時四十八分。

「げっ!?」

思わず奇声をあげた凜々子は、上掛けをはねのけて飛び起きた。もう一度見ても、数字は変わらない。いや、四十九分になった。さらにまずくなる!

早出の仕事がない限り、凜々子はいつも七時前に起きる。シャワーを浴びてさっぱりしてから、ドライヤーを片手にニュースの確認。軽い朝食をとり、しっかり身支度をしたあとに、余裕をもって家を出る……はずだったのに。

出勤時刻はすでに過ぎている。何を省けば間に合うだろう！

（シャワーは無理。ニュースも無理。食事も無理。洗顔はやろう、人として！）

数秒でプランを立てた凜々子は、洗面所に向かった。手早く顔を洗って歯も磨く。

それから髪をとかしてひとつに束ね、眉を描いて口紅を塗った。最低限のメイクはあまりにも心許《こころもと》ないが、会社に着いたら直せばいい。朝礼までに出勤しないとペナルティがつくため、いまはとにかく遅刻回避だ。

駆け足で部屋に戻るとクローゼットを全開にした。適当な服を選び、身に着ける。

昨夜、寝る前に荷物の準備をしていてよかった。通勤用のバッグをひっつかんだ凜々子は、起床から約十五分で家を飛び出した。

駅に着いてまもなく、電車がやってきた。ラッシュで混み合う車内に体を押しこむ。慣れてはいたものの、走ってきたせいで酸欠になりかけた。朝食をとっていないこともあって、たまらず目が回りかけてしまう。

——ああ、最悪だ……。

半日前までの優雅なひとときとは、あまりにも違う日常風景。

バッグを胸にかかえた凜々子は、ただひたすら時が過ぎるのを待ち続けた。やがて目的地であるＪＲ恵比寿《えびす》駅に到着すると、よろめきながら外に出る。

（でもよかった。ぎりぎりだけど朝礼には間に合いそう）

ほっと息をついた凜々子は、売店で缶コーヒーと栄養補助食品を購入した。プルタブを開け、熱いコーヒーを喉に流しこむ。改札を出ると栄養補助食品のパッケージを破り、クッキータイプのそれをかじった。道行く人々の目は気になったが、気にしている場合ではない。

凜々子が勤めているのは、主にネットで販売している化粧品ブランドの会社だ。自然志向を売りにしていて、薔薇《ばら》の精油やハーブを使ったオーガニック化粧水に美容クリーム、天然由来成分でつくりあげた肌に優しいコスメなどが人気を博している。大手ではないが、ネットの口コミ評価はまずまずで、堅調な売り上げを保っていた。

急いだ甲斐《かい》があって、なんとか遅刻は免れる。

四階建ての小さなビルに到着した凜々子は、すぐに恒例の朝礼に参加した。

一代で会社を興《おこ》した社長は、敏腕でパワフルな六十代の女性。社員も七割は女性が占めている。連絡事項が終わるや否や、大きなポーチを片手にトイレに駆けこんだ。

化粧品メーカーに勤めている身で、気が抜けたメイクなどしていたら、上司に何を言われるかわかったものではない。会社の看板を背負う外勤は当然だが、凜々子たち内勤の社員にも、それは徹底されている。

不完全だったメイクを完成させると、ようやく堂々と顔が上げられた。

「あ、東さん。おはようございます」

トイレから出たとき、廊下を歩いてきた同じ部署の同僚と鉢合わせた。ふたつ年下だが気の合う相手で、よく一緒にランチや飲みに行っている。

「朝っぱらから腹痛ですか?」

「違う。寝坊して化粧ができなかっただけ」

「ああなるほど、だから朝礼のときうつむいてたんだ。何か悪いものでも食べて、お腹でもこわしたのかと思ったじゃないですか。心配させないでくださいよ」

肩をすくめた彼女と並んで、担当部署のオフィスへ向かう。

「そういえば、風邪は治りました?　土日挟んで四日休んだことだし、大丈夫かな」

「ばっちり休んだからもう平気。二日も欠勤しちゃってごめんね」

「いえいえ、元気になったならよかったですよ。私も休んでのんびりしたーい」

天井をあおいだ同僚が、大きなため息をついた。

「なんだか私がサボったみたいじゃない。二日間は苦しんでたんだから。そのぶん有給も減っちゃったし」

「でも有給って、病欠とかじゃないとなかなか使いにくいですよねー」

「だからって余らせたらもったいないし、使いどころがねえ」

話をしているうちに、オフィスに到着した。すぐに営業時間になり、待っていたかのようにあちこちで電話が鳴りはじめる。近くの電話に手を伸ばし、受話器をとって応対した凜々子の耳に、怒気をはらんだ女性の声が聞こえてきた。

『ちょっと！　おたくの商品、どうなってるのよ！』

「たいへん申しわけありません。何か不都合がございましたでしょうか？」

『シミ消しに効くって聞いたから買ったのに、一カ月使ってもなんの効果もなかったんだけど！　よくもだましてくれたわね。返品するからお金返しなさい！』

凜々子は相手を刺激しないよう、相槌《あいづち》と謝罪を交えながら、ペンを握った右手でメモをとっていく。怒っているお客の話は、さえぎらずにまずは最後まで聞く。それまでは絶対に反論してはならないと、入社したばかりの研修で習った。

「――お話しいただきありがとうございます。お客さまは弊社《へいしゃ》の公式ホームページやパッケージの宣伝ではなく、インターネットの個人サイトに書かれていた評価をご覧になって、商品をご購入されたということでよろしいでしょうか」

『そうだけど!?』

（これは……返金対象にはならない）

マニュアルを確認するまでもない。凛々子はこれまで磨いたテクニックを駆使してお客を説得し、怒りをおさめることに成功した。

相手が通話を切ってから静かに受話器を置くと、すぐに次のコールが鳴り響く。土日は休みだったので、そのぶんが週明けに殺到するのだ。気合いを入れ直して電話をとる。

お客様相談室——そこが、凛々子の所属する部署である。

どこの会社でも、その仕事が過酷《かこく》であることは間違いないだろう。

問い合わせはほとんどがクレームのため、常に負の感情をぶつけられる。応対する担当者の心労は半端ではない。

正当な訴えならまだしも、理不尽な要求をしてくる人も多かった。ひどいときには自分のストレス発散のために、担当者を怒鳴り散らして責め立てる人もいる。本人はすっきりするかもしれないが、はけ口にされたほうはたまったものではない。

凛々子が入社してから十年。精神的なダメージを受けて辞めていった社員はどれだけいただろう。ストレスで胃に穴があき、病院に通わなければならなくなった人もいた。これも仕事と割り切って耐え抜き、長く勤めているのは精鋭と言える。

「東さん。いま、お客さまからご連絡がありまして。届いた口紅の中身が入っていなかったそうです」

「すぐに新品を手配して。ご住所はうかがった？　手紙とお詫《わ》びの品は用意するから」

教育をまかされている契約社員をフォローしつつ、欠勤でたまってしまった自分の仕事を片づけていく。

「急で悪いんだけど、このアンケート三時までにまとめておいて。会議で使うから」

「は、はい。三時ですね……」

忙しく働いていると、いつの間にか正午になっていた。

「まあ、どんなにきつい仕事でも、働き続けていればいつかは慣れますよね」

凜々子の向かいで明太子《めんたいこ》パスタを食べながら、同僚が苦笑した。

昼休みになり、食堂にはお腹をすかせた人々が集まってくる。

このオフィスビルには、中で働く人々が使える小さな食堂がある。それを売りにしているのに、肝心の味がいまいちだった。そのため時間に余裕のある社員は、外に食べに行くか近くのコンビニで調達することが多かった。

「私も我ながら、よく十年近くもクレーム処理ができるものだと感心してますもん」

あっけらかんとした表情。そんな彼女も入社当時はきつかったようで、何度も陰で泣いたと聞いている。たとえ仕事とわかっていても、厳しい言葉をぶつけられて、傷つかない人間などいないのだ。

「そうだね……。強くなったというか、並大抵のことには動揺しなくなった感じ」

薄焼き卵をかぶせたオムライスを食べる手を止め、凛々子も遠い目をする。

「たとえば次のボーナスもらったら、すっぱり辞めて転職したいと思う？」

「うーん……。転職活動って面倒だしなあ。それにある意味で慣れちゃいましたから。お客さまの罵声《ばせい》も」

「いまさら新しい職場に行くのも勇気がいるよね」

社会に出て働いていれば、どこの職場でも大なり小なり、嫌な思いをすることはあるだろう。ストレスのない仕事など存在しない。表向きがどれだけ華やかで、楽しそうに見える仕事でも、きっとそれなりの苦労はあるはず。

一定の給料をもらっているのだから、相応の働きで応える。それが社会人だ。

凛々子たちも、ただクレーム処理に追われているだけではない。

山のような苦情の中には、よりよい商品をつくるためのヒントも隠されている。それを分析することで、新商品開発の手助けをすることもできるのだ。だから自分たちは会社になくてはならないもの。そう思って頑張っている。

「それにしてもこれ、いつもながらイマイチですね」

同僚がげんなりした表情で、半分ほど残っているパスタをフォークでつついた。

「茹《ゆ》で過ぎなんですよ。完全に芯がなくなってるじゃないですか」

「オムライスもちょっと味が薄いかなぁ。ここの食堂はクレーム入れてもほとんど改善しないよね。困ったものだわ」

「こんなことで人のやる気を萎《な》えさせてどうするんだっての」

文句を言いつつも、彼女は残さずパスタを平らげた。

「東さん、明日は外に食べに行きましょう。おいしいランチで気力を養わないと」

薄味のオムライスをなんとか飲みこんだ凜々子は、「そうしよう」とうなずいた。彼女の言う通り、日々の楽しみを増やすためにも、せめて満足できる食事がしたい。食堂より割高になっても、休憩時間の昼食はおいしいものであってほしかった。

「あ、時間ですね。行きましょうか」

十三時が近くなり、トレイを手にした社員たちが食器を返却しはじめる。

急いでオムライスを完食した凜々子は、午後の仕事にとりかかるべく立ち上がった。


毎日めまぐるしく働いていると、平日などあっという間に過ぎ去ってしまう。

「――ウソ、また!?」

金曜日の朝。ベッドの中でスマホを見た凜々子は、激しい既視感に襲われた。

八時を過ぎているとはどういうことだ。月曜より遅いではないか！

凜々子は四日前と同じように、勢いよくベッドから飛び出した。あわてて支度をしたものの、以前と違うのは、部屋が壊滅的に散らかっていること。せっかく菜穂が片づけてくれたというのに、一週間で元の木阿弥《もくあみ》になってしまった。

（あれ？　あのジャケットは⁉）

着るつもりだった服が見当たらず、クローゼットを引っかき回す。ややあってクリーニングに出したことに気づき、別の取り合わせを考えなくてはならなくなった。余計な時間をとられてしまい、家を出るのがさらに遅れてしまう。

「あああ、そんな……」

やっとの思いで駅のホームにたどり着くと、目の前で電車のドアが閉まった。

今日はとことんついていないらしい。途中で腹ごしらえをする余裕もなく、ようやく会社に到着したときには、朝礼が終わっていた。

「東さん、遅刻。ペナルティね」

「うう……。申しわけありません」

上司に頭を下げた凜々子は、がっくりと肩を落としながらオフィスに入った。

今日は化粧を直している暇もない。自業自得とはいえ、最悪だ。

「大丈夫ですか？　ゾンビみたいな顔してますけど」

「時間がなくてご飯が食べられなかった」

「またですか？　しかたないですね。私のチョコ分けてあげますから」

——お腹がすいた……。

空腹のうえ、全速力で走ってきたせいでくらくらする。しかしすぐに営業時間になってしまい、電話が鳴りはじめた。デスクの引き出しに隠していたビスケット、そして同僚にもらったチョコレートを食べてしのぎながら、ひたすら休憩時間を待つ。

ランチタイムまであと十分になったところで、外出していた上司が青い顔でオフィスに飛びこんできた。

「ちょっとまずいことになったわ。うちで扱っている化粧水に異物が混入しているって書きこみが、ネットで拡散されてるみたい」

「ええっ」

「私は緊急会議があるから、各自でネットを見ておいて。その件に関する問い合わせが来るだろうけど、はっきりしたことがわかるまで余計なことは言わないように。何を訊かれても事実を確認中ですとお答えして」

思いがけないトラブルが起こってしまい、凜々子たちは昼食をとる間もなく対応に追われることになった。数時間後にはデマだと証明され、社員たちは胸を撫で下ろす。それでも問い合わせが止むことはなく、電話応対だけで一日が過ぎていった。

「東さん、ごめん。これ今日中……」

「わかりました……」

公表されている問い合わせ時間が過ぎると、ようやく電話は鳴り止んだ。

定時を過ぎていたが、昼間は通常業務がまったくできなかった。しかたなく残業に突入する。合間にお菓子をつまんだとはいえ、二食を食べ損ねたのはきつかった。ダイエットをしているわけでもないのに、最低限の栄養もとれないのはさすがにしんどい。

（夕食！　夕食こそはカロリーを！）

それだけを希望に、凜々子は黙々と仕事を片づけることに没頭した。

そして——

「お疲れさまでした！」

二十時半を回ったところで、ついに業務が終了する。まだ残っている上司に挨拶《あいさつ》してオフィスを出た凜々子は、はずむような足取りでロッカールームに戻った。通勤バッグを肩にかけ、会社をあとにすると、心の底から解放感が湧き上がってくる。

「あー疲れた」

冷え切った空気の中、大きく吐き出した息が白くたちのぼる。

まったく今日は、朝からめまぐるしいほどの忙しさだった。大きなトラブルは起こったものの、これで今週の仕事は終わりだ。明日から週末ということもあり、通りは飲みに繰り出す人々でにぎわっている。

――さて、これから何を食べようか。

空腹を訴えていた腹の虫は、ある一定の時間を過ぎると黙ってしまった。麻痺《まひ》してしまったとでも言えばいいのか、いますぐ何かをむさぼりたいというような衝動はない。けれどせっかく我慢して頑張ったのだから、おいしいものを自分へのご褒美《ほうび》にしたかった。

（たくさん食べられて、お酒も飲める店がいいな。あんまりお客がいなくて、静かでゆっくりできるところ）

休日前だから、時間は気にしなくてもいい。少し長居をしてのんびりしたい。

居酒屋は混んでいるだろうし、騒がしいので却下。ひとり焼肉も考えたが、あまり気が乗らない。ファミレスという気分でもなかったし、酒落たリストランテやダイニングバーは、きっとカップルが多いだろう。想像するとわびしくなるのでこれも却下だ。

（だったら和食は？　落ち着いてそう）

普段は洋食が多いから、たまにはいいかもしれない。最近は洋風を取り入れたモダンな創作和食のお店もある。近くにいい店がないか、スマホで検索してみよう。

バッグに手を入れたときだった。謀《はか》ったかのようにメッセージを受信する。

とり出して確認すると、発信者は菜穂だった。〈今夜のディナー〉というタイトルのあとに送られてきたのは、お皿に盛りつけられたビーフシチューの写真が一枚。

〈仕事帰りに「ゆきうさぎ」で食べました！　おいしかったよ〉

最後には浮かれたうさぎのスタンプが押してある。

なんだろう、この攻撃は。写真だというのに、深みのある色をしたシチューから、いまにもデミグラスソースの芳醇《ほうじゅん》な香りがただよってきそうではないか！

たまらず唾《つば》を飲みこんだとき、ダメ押しのようにもう一枚の写真が表示された。今度はスプーンですくった大きな牛肉のかたまりを、アップで写している。

〈日曜までの限定だって。もし暇があったら食べにおいでよ〉

スマホをカバンに放りこんだ凜々子は、わき目もふらずに駅へと走った。


「ふふふ。これでよし」

　カウンター席で数枚の写真を撮り終えた菜穂が、スマホを片手にほくそ笑んだ。

　彼女が店内で料理の撮影をすることはほとんどない。興味をひかれた碧は「ミケさん」と声をかけた。

「写真なんてめずらしいですね。SNSでもはじめたんですか?」

「いえ。ちょっと従姉に送りつけてみようかと思って。『ゆきうさぎ』でこういったお料理が出る日は少ないですから。洋食好きのリリちゃんなら食いつくかもと」

「ビーフシチュー、おいしいですもんね。わたしも大好き」

「リリちゃん、まだこのお店に食事に来たことがないでしょう?　和食があんまり好きじゃないからなんですけど、これだったら食べられます」

「なるほど」

「もしこの写真に誘われて土日に来たら、歓迎してもらえると嬉しいです。すごくストレスがたまる仕事をしてるから、おいしいものが癒《いや》しになると思うので。ちなみに、リリちゃんはビールや日本酒よりもワインが好きですよ。渋みのある赤のほう」

　その顔を見ていれば、従姉妹《いとこ》同士ではあるが、本当の姉妹のように仲がよいのだろうとわかる。嬉しそうに話す菜穂に、大樹も笑顔で「了解」と答えた。

「ごちそうさまでした。新メニューが出たらまた教えてくださいね」

食事を終えた菜穂が帰っていくと、店内はとたんに静かになった。

「ミケさん、たくさん食べてくれましたね」

「朝から夕方まで働いていたら腹も減るしな。立ち仕事だし」

退職した菜穂は従業員ではなくなったが、その後も月に二、三度はお客として店をおとずれるようになった。あるときはひとりで、またあるときは職場の仲間と。そして先月は桜屋《さくらや》洋菓子店の蓮《れん》と一緒に暖簾《のれん》をくぐった日もあった。偶然会ったのか、それとも待ち合わせて来たのかまではわからなかったけれど。

「けど、今夜はいつもよりお客さんが少ない気がする……。金曜なのに」

「夜半に雪が降るからじゃないか？　ちらつく程度みたいだけど」

「そうなんですか？　わたしが帰るころには降ってるのかな」

二十一時を過ぎるころには、残っているお客はふたりだけ。時間に余裕ができたので、大樹は翌日の仕込みにとりかかった。一方の碧はお客が食べたあとの食器とグラスを洗いはじめる。

（うわ……。親指のところ、アカギレだ。帰ったら薬塗らなきゃ）

皿洗いのときはお湯を使っているが、やはり水仕事が多いと手は荒れる。右手の親指を見れば、先が小さく割れてしまっていた。洗剤が染みてぴりぴりと痛む。

洗い終えた食器は水切りカゴに移し、蛇口《じゃぐち》を閉めた。濡れた手をタオルで拭いて、痛む指先をさすっていると、大樹に声をかけられた。

「タマ？　どうしたんだ」

「あ、たいしたことじゃないです」

片方の手で親指を隠したが、眉を寄せた大樹は「見せて」と言う。

嫌だと拒絶するわけにもいかずに、碧はおそるおそる手を開いた。しかし甲の部分が上だったため、わかりにくかったらしい。いきなり手をとられ、ひっくり返される。

「ひゃっ」

「ああ、アカギレか。小さいものでも痛いよな」

親指の傷に目を落とし、大樹は「ほかは大丈夫か？」と訊いてくる。

「こ、ここだけです。汚い手ですみません！」

「どこが汚いんだよ？　爪も短いし、きれいじゃないか」

急に鼓動がはやくなったのは、荒れた手を見られて恥ずかしいからなのか。いや、それもあるだろうけれど、もっと別の――

（そ、そんなにじっと見ないでください……！）

内心であたふたしている碧をよそに、大樹はなんでもないような顔で続ける。

「うちに専用の軟膏《なんこう》があるから、帰るときに持っていけ。あれはよく効くんだ」

「そうですか。ありがとうございます！」

緊張に耐えられなくなり、早口で言った碧は勢いよく手をひっこめた。不自然だとはわかっていたが、どうしようもない。

目をしばたたかせた大樹は、碧の態度を見てどう思ったのか、わずかに眉を下げた。

「勝手にさわって悪かった」と言う。誤解されてしまったと、碧はあわてて口を開く。

「あ、いえ、違うんです。えっと」

触れられたことが嫌だったわけではない。むしろその逆で……。

どう言えばいいのか迷っていたとき、戸が開く音がした。反射的にそちらを見やる。

「こんばんは。まだやってますか？」

入ってきたのは長身の女性がひとり。黒髪を右耳の下で結び、カーキ色のダウンコートを着ている。細身の黒いパンツにショートブーツを履《は》いた彼女は、どこかで会ったことがあるような気がした。首をかしげた碧は、ややあって思い出す。

「凜々子さん……ですよね」

彼女は軽く目を見開いた。少し気まずそうな顔になる。

「ええ。いつぞやは母が失礼しました」

「お気になさらないでください。もしかして、ミケさんの写真を見てこちらに?」

「ミケ……あ、菜穂のことか。言い得て妙だな」

納得したような顔になった凜々子は、「あの子猫っぽいしね」と笑った。

「そうです。あの子ったら、残業がやっと終わったところにあんなおいしそうな写真を送りつけてきて。まんまと引っかかって来ちゃいました」

「こちらとしてはありがたいことですよ。いらっしゃいませ」

笑顔を向けた碧は、凜々子が脱いだコートを受け取った。カウンター席に案内して、椅《い》子《す》を引く。彼女が腰かけてひと息ついてから、大樹が熱いお茶とおしぼりを出した。続けてお通しの小鉢を置くと、凜々子は興味深げにのぞきこむ。

「これは?」

「鶏ささみとキュウリ、あと茹で卵を細かくしてゴマだれで和《あ》えたものです。ゴマの香りがいいでしょう。ささみは低脂肪《しぼう》で高タンパクの上に、ビタミンも豊富ですからね。疲労回復にも役に立つと思いますよ」

「へえ……」

おしぼりで手を拭いた凜々子は、さっそくお通しに箸《はし》をつけた。

「残業だったんですね。遅くまでお疲れさまでした」

「今日はほんとに疲れたわ……。朝からトラブル続きで」

お通しをつまみながら、凜々子は肩をすくめて苦笑した。苦情を扱う部署にいるというので、その心労は察するに余りある。

それでも彼女は十年もの間、同じ会社で働き続けているのだ。まだ学生の碧には、その苦労は想像するしかないけれど。凜々子に限らず、きっと誰もが大なり小なり、大変な思いをしながら働いている。それが社会で生きるということだから。

果たして自分にもできるだろうか。ずっと学生のままでいたくても、時は待ってくれない。残り一年となった大学生活の間に、心構えをしておかなければ。

気合いを入れる碧の隣で、大樹がふたたび口を開いた。

「凜々子さん、ご注文はどうします?」

「それはもちろん、例のビーフシチューを……まだありますよね?」

「大丈夫ですよ。すぐにご用意しますね。よろしければワインもいかがですか?　いまでしたらグラスでご提供できますよ」

「いいですね。一杯いただこうかな」

ワインは通常、ボトルで販売しているのだが、ビーフシチューをお品書きに載せているときは注文が増える。余る可能性が低くなるため、グラス単位で出していた。

碧はぴかぴかに磨いておいたグラスに、大樹から指示されたワインをそそいだ。ソムリエのように片手でやってみたいとは思うが、素人なので両手を使う。

高級な銘柄《めいがら》も何本か用意してはいるが、グラスワインで提供しているのはオーストラリア産の赤ワインだ。価格はリーズナブルだが、豊かな果実の香りと渋みがマッチしていて、ビーフシチューなどのお肉を使った料理に合う――と大樹が言っていた。

(赤ワインは苦手だから、ほとんど飲めないんだよね……)

そんな本音はおくびにも出さず、グラスを凜々子の前に置く。

「ありがとう」

慣れた様子でグラスをかたむけるその姿は、とても優雅で洗練されていた。これぞ大人の女性といった雰囲気であこがれる。

そうこうしているうちに、濃厚なデミグラスソースの香りが鼻腔《びこう》をくすぐった。

ふり向くと、弱火にかけてあたため直していたビーフシチューを、大樹が鍋からお皿に盛りつけている。精肉店の主人から安く売ってもらったという仔牛の骨を、香味野菜と一緒に煮込んだ特製フォン・ド・ヴォーからつくった本格派だ。

「お待たせしました。熱いので気をつけてくださいね」

「ああ、これこれ！　菜穂の写真と同じだわ」

凜々子が声をはずませる。

「牛ほほ肉のビーフシチューです。バラ肉やすね肉のほうが手に入りやすいですけど、自分はこれが好きですね。煮込み料理には最適です。適度に脂《あぶら》があって、コラーゲンが多く含まれているのでやわらかくなりますよ。煮汁に溶け出して旨味《うまみ》も増すし」

「その言葉だけでお腹がすいてきた……」

「前置きはこれくらいにしましょうか。まずは召し上がってみてください」

うなずいた凜々子は、ビーフシチューにスプーンを差しこんだ。デミグラスソースの旨味が奥まで染みこんだ大きなほほ肉をすくい上げ、嬉しそうに頬張《ほおば》る。

「とろけそう……。お肉がほろほろですね」

「あらかじめ赤ワインにつけこんでおいた牛肉と炒《いた》めた根菜に、デミグラスソースとトマトの水煮、隠し味に赤味噌《みそ》を加えて煮込みました。最後にバターを溶かして、風味よく仕上げています。和の調味料は、組み合わせ次第で洋風料理の味も引き立てるんですよ」

「コクがあってすごくおいしい。店主さん、洋食屋に鞍替《くらが》えできるかも」

「はは。残念ながら、小料理屋の看板を下ろすつもりはないですけどね。洋食はときどき出しているので、その際はぜひ食べにいらしてください」

ええと微笑んだ凜々子は、静かにスプーンを置いた。

「菜穂がおすすめしてきた理由がよくわかりました。ここはひとりでも気楽に行けるし居心地がいいですね。お料理もおいしくて、仕事の疲れが癒されます」

「そう言っていただけると嬉しいです。料理人冥利《みょうり》に尽きますよ」

「仕事はきついし、彼氏はいないし、代わり映えのしない毎日だけど。こういう楽しみがあるからやっていけるのよね」

平凡な日々を送っている大多数の人に、そうそうドラマティックなことは起こらない。平和で退屈な毎日を、いかに楽しく過ごせるか。それは本人の気持ち次第。幸せの定義は人によって違うけれど、取るに足らない小さな満足を積み重ねていくことも、幸福につながるひとつの道ではないかと碧は思う。

「連れがいなくたっていいじゃない。ここならぜんぜんさびしくないわ」

彼女は満足そうな表情で、ワインが入ったグラスを掲げた。

「おひとりさまに乾杯」

特製のビーフシチューを平らげ、ほろ酔い気分で帰宅した凜々子は、マンションの宅配ボックスに小包が届いていることに気がついた。

「……げ。お母さん」

差出人の名を見るなり、思わず顔がひきつってしまう。以前、菜穂にお見合い写真を送りつけてきたという前科があるだけに警戒したが、中身は違うようだ。しかし、衣類とはどういうことか。そういった品は一度も送ってきたことがなかったのに。

首をかしげながら家に戻り、段ボール箱のガムテープをはがす。

「これは」

凜々子は目を丸くした。箱の中に入っていたのは毛糸のカーディガンに靴下、そして腹巻。母は編み物ができないから、どれも既製品だ。あたたかそうではあるけれど、母のセンスで選ばれているため、色味や模様はまったく凜々子の好みではない。

いったい何を思ってこんなものを？

丁寧にたたんであるカーディガンをとり出したとき、一枚の紙がひらりと落ちる。簡素なメモ用紙に、母の筆跡でメッセージが記されてあった。

『冷え対策はしっかりしなさい。もう若くないんだから』

「…………お母さんたら」

あいかわらず、ひとこと多い。けれどそこには母の偽《いつわ》りない優しさがこめられている。

口の端を上げた凜々子はスマホを手にとり、実家の電話番号を呼び出した。

第4話　祝い膳には天ぷらを

あの人はきっと忘れてしまっただろう。

たった一度、偶然助けただけの子どものことなど。


十二月中旬、その日は朝から気温が低かった。

「——では花嶋《はなしま》さん、こちらが痛み止めの錠剤《じょうざい》です。麻酔が切れて痛みが出てきたら服用していいですよ」

「わかりました」

「ただしその際は、説明書きにある用法と用量をきちんと守ってくださいね。あと、今日はお風呂禁止ですから気をつけて」

うなずいた実柚《みゆ》は、痛み止めが入った小さな袋を受け取った。保険証を返してもらい会計をすませると、白衣に紺のカーディガンをはおった女性が「お大事に」と微笑《ほほえ》む。

実柚は財布と薬を通学カバンにしまってから、受付を離れた。

出入り口に向かおうとしたとき、待合室のソファにひとりで座っていた大学生くらいの男性が、読んでいた雑誌から顔を上げた。その視線は、実柚の右目を覆《おお》う白い眼帯にそそがれている。相手の右まぶたも腫《は》れているから、おそらく同じ病気なのだろう。

（お兄さんもこれから切開？）

いまは一般診療ではなく、手術などの特別な処置を行うための時間だ。そのため待合室には実柚と男性のふたりしかいない。

視線を受けて、慣れない眼帯の端にそっと触れる。

実柚は少し前からわずらっていたものもらいが悪化したせいで、右のまぶたが腫れ上がってしまった。そこでまぶたの裏を切開して、膿《うみ》を出すことになったのだ。嫌だったが逃げるわけにもいかず、学校帰りに眼科に寄り、さきほど無事に処置を終えた。

身長が高く顔立ちも大人びている実柚は、年齢よりも上に見られることが多い。はじめて会う人からは、かなりの確率で高校生に間違えられる。しかし実際は、地元の市立中学に通う三年生。待合室の男性は、実柚が身に着けているセーラー服に臙脂《えんじ》のスカーフが地元中学のものだとわかったのか、驚いた表情になった。

「お待たせしました。中へどうぞ」

「は、はい」

看護師に呼ばれた男性が、緊張の面持ちで立ち上がった。雑誌を本棚に戻そうとしたが入らず、しかたなくソファの上に置いたまま、処置室の中に消えていく。あの人も切開ははじめてなのだろう。

（頑張れ。ちょっと怖いけど、麻酔が効けば痛くないよ）

見知らぬ同志にエールを送り、ふとソファに目を向けた。ぽつんと残された雑誌は、市内でのみ販売されているローカルな情報誌だ。

ソファに近づいた実柚は、雑誌を手にとってぱらぱらとめくる。

後ろのほうのページまで来たとき、手が止まった。方々で活躍している市内出身の人を取り上げ、インタビューした記事が載っている。今月は市内最高齢で、いまも元気に暮らしている百五歳のおばあさんだった。

（来月はわたしかぁ……）

ほんわかと優しいおばあさんの笑顔。きっと幸せなのだろう。

実柚は十歳のとき、叔母が応募したキッズモデルのオーディションに合格した。

花嶋家は駅から少し離れた住宅街に、小さな一軒家を構えている。八年前に建てられた二階建ての家に、両親と実柚、そして小学生の妹の四人が暮らす。両親は芸能界とは関係のない一般会社員で、ごく普通の共働き家庭だ。

父と母、両方のよい部分をもらったと言われる実柚は、幼いころから親戚や近所の人たちに可愛《かわい》がられていた。お酒を飲んでいい気分になった伯父に、やる気があればアイドルになれるよと褒められたこともある。

両親は冷静で、身内贔屓《びいき》だろうと苦笑していた。しかしあるとき、父の妹にあたる叔母が、物は試しとモデルに応募したのだった。

『大丈夫なのかしら？　実柚はまだ子どもなのよ』

『面白半分で続けられるような仕事じゃないからなあ……。けど、本人がやりたいっていうのを頭ごなしに反対するのもどうなんだ』

両親は難色を示していたが、当時の自分は華やかな世界にあこがれていた。

『わたし、モデルやってみたいな。かわいい服とか着たいもん』

そこで叔母と一緒にふたりを説得し、なんとか許可を得たのだ。そしてその後は、小中学生向けのファッション誌などで仕事をするようになった。

成長がはやく大人っぽかったので、人気はそれなりにあった。中学に入ってからはモデルだけではなく、映画やドラマのエキストラや、セリフのある端役も回ってくる。しかしいずれも小さな仕事で、有名子役のように全国的に知られているとは言えなかった。

――それに……。いまは実質、休業状態だし。

受験を優先しろという母の意見もあり、高校に合格するまでは活動を控えている。本当はインタビューも断るつもりだったが、メールをくれた担当ライターの熱意に心を動かされ、特別に受けることにしたのだ。

先月に行われたインタビューは、意外にも終始なごやかな雰囲気だった。

『睦月《むつき》実柚さんですね。はじめまして。私、ライターの双葉《ふたば》と申します』

きびきびとした印象の女性は自分を子ども扱いしなかったし、カメラマンのぽっちゃりした男性は、ときどき冗談を言っては実柚を笑わせてくれた。おかげで自分なりにいい表情ができたと思う。刷り上がりを見るのが楽しみなのは久しぶりだった。

(でも)

一生懸命に仕事をしてくれたライターさんたちには悪かったが、自分としては、このことをあまり大っぴらにしたくはなかった。けれど地元に密着したタウン情報誌だから、購読している人は多いだろう。気づく知り合いも少なくないはず。

ため息をついた実柚は、雑誌を本棚に戻そうとした。しかし男性があきらめただけあって、ぎっちり詰まった本棚にはまったく隙間がない。

「……だめか」

断念して、背の低い本棚の上に置いておく。

実柚は学校指定のピーコートに袖《そで》を通し、ふたつの三つ編みにしていた髪を背中に払った。校則で、肩より長い髪は結ばなければいけないのだ。ほかにもスカート丈や化粧禁止といった決まりはあるが、三年生で律儀に守っている生徒はあまりいない。

靴を履《は》きながら時計を見た。十六時四十分。外はもう暗いだろうか。

クリニックを出ると、廊下は無人だった。ビルの中でも空気は冷たい。

かかりつけの眼科には、近眼の妹と一緒に数年前からお世話になっている。場所は駅の近くに建つ医療モールの三階だ。個人経営のクリニックが集まっていて、一階に薬局がある。今回はクリニックで痛み止めをもらったので、薬局に寄る必要はない。

(階段はやめとこ。片目だし)

距離感がつかみにくくなっているので、うっかり踏みはずしても困る。おとなしくエレベーターを待って、一階に下りた。

外は日が暮れかけ、薄暗くなっていた。西には黄金《こがね》まじりのオレンジと澄んだ藍色を溶かしたような空が広がり、東はすでに闇《やみ》色だ。周囲のビルにも明かりがつき、夜のおとずれを感じさせた。

実柚は小さなくしゃみをした。昼間よりもずっと冷えこんでいる。

早足で表通りに行くと、駅前ということもあり、車も人も多かった。上を見れば大小さまざまな看板のネオンがきらめき、等間隔に設置された街灯が道を照らしている。

十七時前だから、両親はまだ帰っていない。小二の妹も、十八時までは学童クラブで過ごしているため、家にはまだ誰もいないはずだ。

（お母さんたちが帰ってくるまで、一時間ちょっとか。お腹《なか》もつかな）

今日は給食を食べたきり、何も胃の中に入れていない。普段はお菓子をつまむが、病院に行ったので暇がなかったのだ。

お財布にはまだ少しだけ、母からもらった現金が残っている。家に帰る途中にコンビニがあるから、そこで夕飯に響かない程度のお菓子を買おう。そう決めた実柚は、ここから十五分ほど歩いたところにある自宅に向けて歩き出した。

バスロータリーのある駅前広場を抜け、小さな店が立ち並ぶ商店街に入る。

食料品も売っているが、スーパーのようにひとつの店では買いそろえられない。いちいちはしごするなんて面倒じゃないかと思うのに、商店街に肩入れしている母は、会社帰りや週末などはできるだけここで買い物をしていた。

「クリスマス特別セール、豪華賞品が当たる福引き会場はあちらでーす」

プラカードを持ったサンタ仕様のうさぎが、ゆったりとした足取りで実柚の横を通り過ぎる。最近イベントなどで見かけるようになった、ショッキングピンクの着ぐるみだ。声質からして、中に入っているのは男性だろう。

（豪華賞品……）

福引き券は持っていなかったけれど、何が当たるのかが気になった。

少し見ていこうかと、方向転換をしかけたときだった。右目のあたりに痛みが走り、実柚はぎくりと体をこわばらせる。

──これはもしや。

世の中には麻酔が効きにくい体質の人がいるけれど、もしかしたら自分もそうなのかもしれない。傷口を刃物でえぐったような痛みが、少しずつ増していく。実は術中も、少し痛かったのだ。福引きどころではなくなって、自然と早足になる。

(まずい。だんだん痛くなってきた)

果たして家まで我慢できるだろうか。無理だったらどこかで水を買って薬を飲もう。うつむいてひたすら自宅をめざしていたとき、ふいに激痛が襲った。

「いたっ」

実柚はたまらず足を止めた。これ以上は進めない。

よろよろと近くの壁に寄りかかる。とにかく痛み止めを飲もうと、肩にかけていた通学カバンに手を入れた。荷物でいっぱいのそこから、薬が入った袋を乱暴に引っぱり出す。すると同時に、袋に絡まっていたスマホのイヤホンも飛び出してしまった。

「わ！」

受け止めることはできず、イヤホンがあえなく地面に落ちる。

「ああ、もう！」

痛みと苛立《いらだ》ちで声を荒げ、腰をかがめたときだった。

前方から伸びてきた誰かの手が、実柚よりも先にイヤホンをつかむ。驚いて顔を上げると、黒い上着にジーンズ姿の若い男性と目が合った。吊り気味の目が少しきつそうに見えたけれど、相手は気づかわしげに声をかけてくる。

「大丈夫ですか？」

「う、あ、えっと……いたた！」

またしても痛みが走り、歯を食いしばる。

「す、すみません。さっきものもらいの切開をしたから、麻酔が切れたみたいで」

「鎮痛剤は？」

右手で握りしめていた袋に目を落とすと、彼はそれで察したようだった。実柚が飲み物を持っていないことを知るや否や、近くにあった自動販売機でペットボトルを買ってきてくれる。お礼を言ってキャップをひねり、水と一緒に薬を飲みこんだ。

「効果が出るまで少しかかる。よかったら休んでいきませんか？」

うろたえる実柚に、男性は「すぐそこに店があるから」と顎《あご》で示す。

その先にあったのは、黒い屋根の建物が一軒。暖簾《のれん》や看板など、店名を記すものは見当たらなかったが、そこがなんの店かは知っていた。

――小料理屋「ゆきうさぎ」。

実柚の父、匠《たくみ》の行きつけで、月に何度か通っている場所だ。

そして去年のひな祭り、妹のためにちらし寿司《ずし》をつくってくれた店でもある。実柚も食べたが、あれは見た目がケーキのようにきれいで味もよかった。いつもはうっとうしくて邪険にしている父に、「おいしかった」と素直な言葉を告げたくらいだ。

(ということは、あのちらし寿司はこの人が?)

目の前に立つ人はどちらかというと無骨な印象で、あんなに可愛いものをつくってくれたとは、なかなか信じがたかった。小料理屋の主人だからもっと歳《とし》をとったおじさんかと思っていたのに、二十代くらいにしか見えない。

痛みをまぎらわせるため、ちらし寿司のことを思い出していると、店主に腕をつかまれた。有無を言わせず店に連れて行かれる。

「どうぞ」

店内はまだ準備中なのか、誰もいなかった。遠慮がちに中に入ると、店主は出入り口に近いテーブル席の椅子《いす》を引く。ありがとうございますと言って、椅子に腰を下ろした。こわばっていた体が、座ったことで少し楽になった。

「開店までは時間があるし、落ち着くまで安静にしていたほうがいい」

「すみませんでした。迷惑かけちゃって」

「別に迷惑なんかじゃないから。似たようなこと、前にもあったし」

「え?」

なんでもないと笑った店主は、カウンターを隔てた厨房《ちゅうぼう》に戻った。スーパーの袋を提げているから、外に出たのは買い物目的だったのだろう。エプロンをつけて頭にバンダナを巻くと、手を洗って作業をはじめる。

父が長年通っている店。興味はあったが、まぶたが痛くてのん気に観察している余裕がない。店主が淹《い》れてくれた熱いほうじ茶を飲みながら、薬が効いてくるのを待つ。

それからどれくらいの時間がたったのか。

実柚はゆっくりと顔を上げた。祈りが通じたらしく、激しい痛みがようやく薄れてきたのだ。胸を撫《な》で下ろし、時刻をたしかめる。

店内の時計は十七時二十五分を示していた。三十分ほど休んでいたようだ。痛みはまだ残っているが、これくらいなら耐えられる。

椅子を引いて立ち上がったとき、厨房のほうから油が撥《は》ねるような音が聞こえてきた。食欲をそそる香りを嗅《か》いだとたん、空腹だったことを思い出した。首を伸ばして厨房を見やる。この位置では何をつくっているのか見えないのが残念だ。

――揚げ物、かな。

竜田揚げにエビフライ、チキンカツに春巻き。食べたいものが次から次へと脳裏《のうり》に浮かんだ。小料理屋だから、かき揚げや天ぷらかもしれない。スモークサーモンとイクラを贅《ぜい》沢《たく》に使ったちらし寿司はおいしかったが、ほかはどうなのだろう。

（和食なら天ぷらが食べたい。お母さんが揚げたのはべちゃっとしてるし）

実柚は自宅の食卓に並ぶ、揚げ物料理の数々を思い出した。仕事が休みの日などに母がつくってくれるのだが、正直に言うとあまりおいしくない。

何年か前、撮影のあとにスタッフとモデル仲間で和食料理店に行き、本格的な天ぷらを食べさせてもらった。プロの手による揚げたての味を知ってからは、どうしても母のそれと比較してしまうのだ。せっかくつくってくれたものに文句をつけるわけにもいかず、黙って平らげてはいるけれど。

じっと見つめていたせいか、店主が視線に気がついた。ばっちり目が合う。

「痛みは引いたか？」

「はい、薬が効いてきました。一時はどうなるかと思ったけど」

「そうか。よかった。でもしばらくは無理しないで安静にしていろよ」

その優しい笑い方に、実柚は一瞬、見とれてしまった。

あらためてよく見ると、顔立ちが男らしくてカッコいい……ような。

それに、あたりまえのことではあるが、彼は子どもっぽいクラスの男子よりもはるかに大人で落ち着いていた。声も低めで聞き取りやすく、おだやかだ。悩みごとを相談しても迷惑がらずに聞き、一緒に考えてくれそうな感じがする。

意識したとたんに、相手に対する興味がどっと湧いてきた。

（いくつの人なんだろ？　お父さんはなんて言ってたっけ。お店はひとりでやってるのかな。ほかの料理も食べてみたい）

身を乗り出した実柚は、勢いこんで口を開いた。

「あの！　店主さん、いきなりですけどお名前は――」

「大兄《だい》、遅れてごめん！　商店会長がなかなか解放してくれなくて」

言葉の途中で乱入してきたのは、プラカードを持って商店街を練り歩いていたショッキングピンクのうさぎだった。なぜここに！

ぎょっとする実柚をよそに、店主は涼しい顔で「お疲れ」とうさぎを労《ねぎら》う。当然のように中に入ったうさぎが、カウンターのほうへと吸い寄せられていった。

「いい匂いだなあ。コロッケでも揚げてた？」

「根菜の素揚げだよ。鶏肉《とり》と合わせて黒酢あんかけにするんだ」

「美味《うま》そう。残ったらもらっていい？」

「残ったらな。それはそうと、着ぐるみは従業員部屋にでも置いておけ。それから開店までにシャワーを浴びておくこと。母屋《おもや》の風呂場、使っていいから」

「りょーかい。汗まみれじゃ店に出られないしな」

うさぎの頭が引っこ抜かれる。中からあらわれたのは、頭部にタオルを巻いた二十歳《はたち》前後と思しき青年だった。店主との会話から、バイトの人だろうと予想する。着ぐるみの仕事とかけもちしているのか。真冬なのに暑そうで、汗だくだった。

青年はシュールな笑みを浮かべたうさぎの頭を胸に抱き、ひと息ついている。あぜんとする実柚を見た彼は、不思議そうに首をかしげ、店主に目を向けた。

「迷子じゃないよな？　いくら大兄でも、こんな若い子連れこんだら犯罪だぞ」

「人聞きの悪いこと言うな。外で具合が悪くなったから、しばらく休ませてたんだよ」

「へえ。なんかタマさんのときみたいだな。そのときも店に入れたんだろ」

以前に猫でも拾ったのだろうか。きょとんとしていると、青年がこちらに向き直る。

「背ぇ高いなー。星花《せいか》と同じくらいか。……ん？」

近づいてきた相手が、実柚の顔をのぞきこんだ。好奇の視線が突き刺さる。

「この子、誰かに似てない？　眼帯ではっきりしないけど」

鼓動が跳ねた。もしかして、この人は自分のことを知っている？

悪意は感じられなかったが、居心地は一気に悪くなった。思わずうつむいた実柚は、隣の椅子に置いてあったカバンとコートをつかみ、出入り口に走る。

「あの、休ませてもらってありがとうございました。それじゃ！」

「え、おい！」

店主の言葉を待つことなく、戸を開けた実柚は逃げるように店から飛び出した。


その後、実柚がふたたび「ゆきうさぎ」の店主と会うことはなかった。

中学生が気軽に行ける店ではないし、常連客の娘だと知られるのも気まずい。父が店主とどれだけ親しいかはわからなかったが、もし自分のことを話していたとしたら、あまりよいことは言っていないだろう。生意気だとか冷たいだとか、そんな感じだと思う。

（しょうがないじゃん。よくわかんないけど嫌だったんだもん）

小さかったときは父親が大好きで、べったり甘えていたけれど。六年生になるころには、自分から話しかけることが少なくなっていった。接し方がわからないのに、いまさら昔のような関係に戻るなんて無理な話だ。

決定的な亀裂《きれつ》があったわけではない。けれど、気がついたときには父と距離を置くようになっていた。同じ年頃のモデル仲間も、「お父さんってなんかヤダ」とか「あんまり近寄りたくない」とか言っていたから、それが普通だと思っていたのだ。

『ちょっと！　わたしの洗濯物、お父さんのと一緒にしないで』

『俺は汚物か……』

父は苦笑いをしていたが、そこで優しい言葉をかけられるほど、大人でもいい子でもなかった。しかし、ひどかったのはせいぜい中二まで。いまは昔ほどの反発心は持っていないし、父に対する謎の嫌悪感も薄れていた。

だからといって、手のひらを返したように仲よくする？　できるわけがない。

そのため実柚と父親の微妙な関係は、いまも続いたままだった。

——お父さんは、今年に入ってから「ゆきうさぎ」に行ったかなあ……。

あっという間に日々が過ぎ、年が明けた一月。

その日の昼休み、実柚は図書室に併設された自習用のスペースにこもっていた。机の上には、受験対策用の問題集とノート。急いで給食を食べてきたので、十数人が使える自習スペースには誰もいない。図書室のほうにも司書の先生がいるだけだ。

実柚の成績は、取り立ててよくはなかったが、悪いというほどでもない。

仕事で学校を休むことはあったけれど、内申書に影響が出るほど多くはなかった。しかし推薦《すいせん》は無理だったので、自分の学力に合い、さらに芸能活動が許可されている都立と私立を一校ずつ受験する予定だ。

「うーん……」

せっかく静かな環境だというのに、勉強は遅々として進まなかった。右手のシャープペンシルは数式を解くことなく、無意味な落書きをノートに生み出すばかり。

(やっぱりあのあと、勇気を出して会いに行けばよかった)

あれからひと月半近く。日にちがたてばたつほど、再訪はしづらくなる。

小料理屋の店主なら、日々多くのお客と接していることだろう。そんな忙しい人が、いつまでも実柚のことなど憶えているはずがない。きっと顔すらおぼろげで、このまま忘れ去られていくだけ。当然のことなのに、それが無性にさびしかった。

(いや、別にいますぐどうこうなりたいってわけじゃないんだよ。わたしよりだいぶ年上だと思うし。でも知り合いになるくらいならいいよね。……いいよね?)

心の中で言いわけしながら、ノートに意味なく何重もの円を描く。

受験は来月。いまは余計なことを考えている場合ではない。けれども。

あのときの店主の笑顔が、いまも脳裏に焼きついて離れない。この感情には覚えがあった。これまで二、三人の同級生や先輩に対して抱いたことのある気持ちと、ほぼ同じ。

「ああ、どうしよう。これじゃ集中できないよ!」

持て余した感情を吐き出すように、頭をかかえたときだった。出入り口のドアが静かに開き、ぎくりと肩をふるわせる。司書の先生が注意しに来たのだろうか。

ドアの隙間から顔を出したのは、恐れていた人ではなかった。すっきりとした短髪に学ランの第一ボタンを開けた格好の少年は、隣のクラスの志藤直也《しどうなおや》だ。

「何わめいてるんだよ、花嶋」

「ナオくん! じゃない……。志藤くん」

「名前でいいよ。誰もいないし」

小脇に大きな本を挟んで入ってきた直也は、小一から中一までの七年間、ずっと同じクラスだった唯一の同級生だ。夏の大会で引退するまでは、弱小野球部のキャプテンとして力強くチームを引っ張っていた。

家が近いこともあり、小さなころにはよく一緒に遊んでいた。とはいえ現在はそこまで親しいわけではなく、だからといって険悪でもない。こうやって姿を見かければ、気負うことなく会話をかわす程度の間柄だ。

机に広げられたノートをのぞきこんだ直也は、あきれ顔で目線を上げた。

「おとなしく勉強してるのかと思ったら……。何やってんの？」

「べ、別にいいでしょ。これはその、息抜き！　ちょっと休憩してただけ」

実柚は勢いよくノートを閉じた。参考書をかぶせて隠す。そのあわてぶりに少しだけ笑った直也は、向かいにある椅子を引いて腰かけた。

「ナオくん、給食もう食べたんだ。はやいね」

「それはこっちのセリフ。花嶋こそ早食いすぎだろ。ちゃんと嚙《か》まないと消化に悪いぞ」

実柚はふいと視線をそらした。直也に気づかれないように、奥歯を食いしばる。

給食は嫌いだ。おいしいか不味《まず》いか以前に、何を食べても味がしない。消化なんてどうでもよかった。一刻もはやく食べ終えて、教室から出られるのなら。

「……なにそれ。口うるさいお母さんみたい」

本心を知られたくなくて茶化すように言うと、直也はちらりと実柚を見た。口を開きかけたものの、結局は何も話すことなく、手にしていた厚みのない本を机に置く。何気なく表紙に視線を向けた実柚は、そのタイトルに目を丸くした。

「え、料理？　料理の本？　料理とかする人だったっけ」

「連呼するなよ。男がやったっていいだろ」

「それはそうだけど。意外だからびっくりして」

直也が開いたのは、一般的な家庭料理のつくりかたが掲載されたレシピ本だった。

受験間近にそんなものを——と思ったとき、彼が先日、推薦入試を受けていたことを思い出した。野球の強い高校ではなく、実柚の志望校よりもレベルの高い、私立の進学校だ。合格発表はまだのはずだが、自信があるのか余裕をただよわせている。

しばらくの沈黙を経て、直也が話題をふってきた。

「実はさ。うちの父親、四月から九州に転勤することが決まったんだ」

「ええっ！　じゃあナオくんはどうなるの？　東京の高校受けたんでしょ」

志藤家には母親がいない。直也が三歳のころに病気で亡くなったのだという。父親はその後も再婚はせず、三人の息子を男手ひとつで育てたそうだ。直也の兄たちはどちらも成人済みで、就職もしていると聞いた。

「年末に話し合った。親父のほうは単身赴任して、戻ってくるまでは下の兄貴が面倒見てくれることになったんだよ。上はもう結婚してるから」

「そうなんだ……」

「けど下の兄貴、家事が壊滅的にできなくてさ。これまでは親父と上の兄貴がどうにかしてくれてたから……。だから当然、料理もだめ」

「なるほど。それで料理本」

「兄貴とふたりになる前に、少しでも覚えておこうかと。レトルトや外食ばっかりでも味気ないし。せめて定番のおかずくらいは……」

(えらいなあ。わたしにはとても無理)

まだ中学生なのに、趣味ではなく生活のために料理を覚えなければならないなんて。学校もあるし、面倒じゃないのかと思ったが、本人は意外に乗り気のようだった。レシピ本を見ながら「これ美味そう」とつぶやいている。

「今夜は親父も兄貴も外で食べてくるんだと。俺ひとりだから何かつくってみるか。自分の飯だから、失敗しても気楽だしな」

その話を聞いたとき、頭の中にひとつのアイデアがひらめく。いいことを思いついた。

「ナオくん！」

顔を上げた彼に、身を乗り出した実柚は両目を輝かせながら言った。

「料理を勉強するなら、まずは自分の舌で味わおうよ」

「は？」

「つまりね、今夜はわたしと一緒にご飯を食べようってこと！　家庭的でおいしいお店を知ってるから、そこに行こう。ね？　きっと役に立つよ」

（ふたりだったら『ゆきうさぎ』に入れるかも。お願いナオくん、協力して！）

お客としてでもいい。あの小料理屋にもう一度入るための理由がほしかった。

店主と会って話ができれば、胸のつかえもとれるかもしれない。向こうが自分のことを憶えていなくても、お客になれば好きなときに通える。常連の父と遭遇しないように気をつけなければならないけれど。

いまは母に管理してもらっているが、仕事で稼いだお金は自分のもの。それをどう使うかは自由のはずだ。

実柚の迫力に気圧《けお》されていた直也は、我に返ると探るような目を向けてきた。

「……おまえ、俺を何かのダシに使おうとしてない？」

「な、何言ってるの。そ、そんなことあるわけないじゃん」

「昔から下手だな、ごまかすの。それでよく役者がつとまるものだと感心するよ」

直也はあきれたように言い放つ。一瞬で下心を見抜かれてしまった。

（なんでそんなに鋭いの……）

がっくり肩を落とすと、ふいに直也が本を閉じた。気まずい思いで顔を上げたとき、困っているのか怒っているのか、どちらともつかない複雑な視線とぶつかる。

「……言っとくけど、断ったわけじゃないから」

「へ?」

「何たくらんでるのか知らないけど、行くよ。行けばいいんだろ」

不機嫌そうな声だったが、自分と食事をしてくれる気はあるらしい。

「ほんと? ありがとう! じゃあ待ち合わせ場所は」

言いかけたとき、スピーカーから予鈴が鳴り響く。あと五分で昼休みは終わりだ。

「やば。五時間目、体育だ。着替えないと」

「わたしは英語。頑張ってー」

あわてて戻っていく直也を見送ってから、広げていた勉強道具をまとめる。

荷物をかかえて教室に戻ると、教壇の周囲や席に座っておしゃべりをしていた女子たちが、一瞬だけ会話をやめた。すぐに何事もなかったかのように話に戻る。誰も実柚と目を合わそうとはしないが、いつものことだ。

「さっきは自習スペースにいたんだってさ。隣のクラスの男子と一緒に」

席に着くと、どこからともなく誰かの声が聞こえてきた。

「あれでしょー? 野球部の。小学校が同じなんだっけ?」

「ファンなのかな。取り巻きとか? 趣味悪」

「いいよねえ。ちょっとスタイルよくて可愛いと、勝手に男が群がってくるんだもん」

「あの程度で可愛いと思う？　どう見ても普通だよ。背が無駄に高いだけ」

教壇のほうに視線を投げる。彼女たちは示し合わせたように目をそらした。まるで実柚がはじめから存在していないかのように。

「このまえ買った雑誌に気取った写真が載ってたよ。インタビューされてた」

「うわ、ほんと？　受験近いのによくやるね。余裕じゃん」

「もうどっかの学校に決まってんじゃないの？　コネか何かでさ」

机の中にしまっていた英語の教科書を出しながら、実柚はひそかに唇を嚙みしめる。

まもなく本鈴が鳴り、担当の教師が入ってくる。彼女たちは席に戻り、すぐに授業がはじまった。

学校は憂鬱《ゆううつ》だったが、放課後の楽しみを考えていれば乗り切れる。

そう言い聞かせて、実柚はその後も貝のように黙り続けた。


数時間後。帰宅した実柚は、制服を脱いで着替えをすませた。

薄手のセーターに、赤いチェックのミニスカート。黒いタイツを穿《は》き、丈の短いダッフルコートに袖を通した。あとは玄関にあるブーツを履けば外に出られる。

ふたつに編んでいた髪はほどき、ブラシを使ってよくとかした。まっすぐでつややかな髪にはあこがれるが、自分のくせ毛も悪いものではないと思う。パーマをかけているわけではないのに、毛先がゆるくカールしているところが気に入っている。

「これでいいかな」

姿見の前でくるりと回り、全身をくまなく確認する。

――小学生のころは、きれいな服を着てポーズをとり、写真を撮影してもらうことが楽しかった。

要求にうまく応えられると、カメラマンやスタッフは褒めてくれたし、写真の中にいる自分は、いつも生き生きと笑っていた。周囲から可愛い、きれいだと言われ続けると、それが普通になってしまう。だから自分はそうなのだと疑っていなかった。

仕事ではあったが、親には絶対に買ってもらえないようなブランドのおしゃれな服も、たくさん着せてもらえた。小学校で仲がよかった友だちはいい子ばかりだったから、みんな素直にうらやましがってくれた。

あのころは、光り輝く自分が誇らしくてしかたがなかった。

しかし学区の関係で知り合いがほとんどいない中学に入った実柚は、すぐに思い知ることになる。自分がいかにカン違いをしていたか。そして高すぎる天狗《てんぐ》の鼻は、いとも簡単に折れてしまうものだということを。

（あ、そうだ）

出かける前、実柚は母の携帯にメッセージを送った。友だちと近所にご飯を食べに行くから、夕食はいらないと打つ。暇があったのか、すぐに返事がきた。

〈了解しました。今夜は天ぷらにするつもりだったんだけど、明日にしようか〉

（お母さん、ごめん。でも今日はあっちに行かせて）

「行ってきまーす」

誰もいない家を出て、待ち合わせ場所に急ぐ。

実柚と直也、それぞれの自宅のちょうど中間地点には樋野《ひの》神社がある。小学生のころはよく、この神社の境内《けいだい》で遊んだ。猫のたまり場になっているので、学校帰りに立ち寄っては、猫たちをながめて楽しむこともある。

鳥居の下で待っていると、やがて直也がやってきた。

そういえば、彼と学校以外の場所で会うのは久しぶりだ。フードつきのコート姿でゆっくりと近づいてきた直也は、実柚を一瞥《いちべつ》して「ふーん」と言った。まったく表情が変わらないから、何を考えているのかわからない。

「感想があるなら言ってよ。似合ってないとか？」

「別に。髪、結んでないんだなって思っただけ」

「ほんとは下ろしたほうが好きなんだよ。高校入ったら絶対、このままで行く」

「たいして変わらないけどな」

むっとする実柚にかまわず、コートのポケットに両手を突っこんだ直也は、商店街に向かって歩き出した。あわてて後を追う。

「で？　花嶋がひと目惚《ぼ》れしたとかいうおじさんはどこにいるんだよ」

「おじさんじゃないよ。お兄さん！　まだ二十代だと思うし」

「どっちにしたって年上すぎ。歳の差、ひとまわり以上はあるだろ。奥さんか彼女がいる可能性だってある。そしたらあきらめるのか？」

「う……。ま、まだわかんない。だって、ほんとにちょっと話しただけだから」

恥ずかしさに頬《ほお》が熱くなる。店に行く理由を教えるつもりはなかったのに、なぜこんなことに……。

放課後、直也につかまった実柚は、彼の取り調べにより事情を洗いざらい白状させられてしまった。「そんなことだろうと思った」とあきれられたが、それでも店に行くことを拒否はしなかったから、安心した。

「それにしても、小料理屋ね……。だから大人っぽい格好をしてこいって言ったわけか」

「だって中学生が入るようなお店じゃないでしょ。わたしは高校生くらいに見えると思うけど、ナオくんはどうかなあ。姉と弟になっちゃうかも」

「うるさい。これでも兄貴が高校生のころに着てた服にしたんだ」

自分たちの身長は、普通に計れば直也のほうがわずかに高い。けれどいまは五センチほどのヒールがあるブーツを履いているから、その差が逆転している。それを悔しがる直也の姿は、ちょっと可愛いかもと思った。

「なにニヤニヤしてんだよ。気色悪い」

「ひどい。ニコニコしてるって言ってよ。一文字で大違いなんだからね」

「じゃあニタニタ。こっちのほうが合ってる」

どうでもいいような話をしながら歩いていると、やがて商店街に入った。

十八時を過ぎているから、店は営業しているはず。通りは会社帰りのサラリーマンや学生でにぎわっていた。彼らの間を縫《ぬ》って進んでいた実柚は、目的の店の前に二匹の猫が座っていることに気がついた。

遠慮する様子はまるでなく、我が物顔でくつろぐ猫たち。

どこかで見たことがあると首をかしげ、ややあって思い当たる。樋野神社に集まってくる野良猫の仲間だ。こんなところまで縄張《なわば》りを広げていたのか。

実柚たちが近づいていくと、人なつこい茶トラの猫がじゃれついてきた。膝《ひざ》を折った実柚は表情をゆるめ、地面に寝転がったトラ猫のやわらかいお腹を撫でまわす。されるがままのトラ猫は、気持ちよさそうに喉《のど》を鳴らした。

「あいかわらず可愛いねー。ちょっと太った？　誰かにエサもらってるのかな」

「うわ。こっちはガラ悪い」

隣では直也がもう一匹の猫に威嚇《いかく》され、にらみ返している。体が大きく毛並みもフカフカしていそうなのだが、あいにくさわらせてもらえたことは一度もない。

「そっちの子は気むずかしいよ。わたしも何度にらまれたかわかんないもん」

苦笑したとき、すぐ近くから聞き覚えのある声をかけられた。

「実柚、こんなところで何してるんだ」

まさかと思ってふり返る。そこにはいま、いちばん会いたくない父が立っていた。

（うそ！　なんで）

普段の帰宅はもっと遅いから、この時間にしたのに。こんなときに限って。

父の横には、髪をポニーテールにした小柄な女性がいる。二十歳くらいにしか見えない彼女が、父とどういった知り合いなのかはわからない。それにしても、なんというタイミングの悪さだろう。気づいたときには思いきり眉を寄せていた。

「学校帰り……じゃないよな。もう暗いし、はやく家に帰りなさい」

「お父さんには関係ないでしょ」

邪魔をされたこともあって、とげとげしい声が出てしまう。目の前の男性が実柚の父親だと知った直也が、こっそり耳打ちしてきた。

「おい、どうするんだよ?」

「……」

父に見つかってしまっては、「ゆきうさぎ」には入れない。残念だが撤退するしかないだろう。これ以上問いただされるのも嫌だったので、踵《きびす》を返した実柚は、直也を引き連れてその場から駆け去った。


二月中旬、東京郊外は朝から冷たい雪がちらついていた。

「これで完成！　お疲れさまでした」

ドライヤーのスイッチを切ったショートカットの女性が、まだぬくもりが残る髪をととのえてくれる。シャンプーのいい香りがふんわりとただよい、碧《あおい》は思わず深呼吸をした。

「青りんごみたいな匂い……。甘くてさっぱりした感じ。新製品ですか?」

「そう。ネットで販売してる化粧品会社のものでね。そんなにメジャーなところじゃないからどうかなーと思ったんだけど、けっこういいでしょ」

ドライヤーをワゴンに置いた朱音《あかね》は、リピート買いをしているというシャンプーを見せてくれた。一般のドラッグストアなどでは扱っていないらしく、はじめて見るブランド名とパッケージだ。

「ちょっとお高めだけど効果はあるし、成分も髪と頭皮に優しいよ。先に自分の髪で試したから、自信を持っておすすめします」

言いながら、彼女は三面鏡を開いた。頭の後ろが映し出される。

「あ、ちょうどいいですね。ありがとうございます」

長さはあまり変わっていないが、碧の髪はボリュームが多くてまとまりにくいため、少し削《そ》いで毛先をそろえてもらったのだ。いつもより短くしてもいいかと思ったが、あまり短くすると髪が結べなくなる。それだと大樹《だいき》からもらったシュシュが使えない。

「でもね、碧ちゃん。ポニーテールってこう……髪を強く引っぱって結ぶじゃない？　頭皮に負担がかかるから、牽引《けんいん》性脱毛症になりやすいのよね」

「だ、脱毛症」

「つまりハゲるよってこと」

朱音はずばりと言い切った。うめいた碧は思わず生え際を押さえる。

「ハゲ……」

「だからほんとは、毎日はしないほうがいいのよ。引っぱられた場所が薄くなっちゃうから。シュシュを使う髪型はほかにもあるし、アレンジも考えてみたら？」

「え……なんでシュシュのことを」

「お気に入りなんでしょ？　いまだって大事に手首につけてるし。プレゼントかな」

「こ、これはそういうものでは。気に入ってはいますけど」

「照れることないのに。私も昔はそんな可愛い時期があったんだけどねえ……」

恥ずかしくなった碧は、そそくさとカット代金を支払って外に出た。

――あれは絶対に、誰からもらったのかを察している顔だった。

碧が定期的に通っているのは、町のヘアサロンではなく、樋野神社の敷地内にある神職一族の家だ。次期宮司《ぐうじ》に嫁《とつ》いだ朱音が元美容師で、ときどき個人的な依頼を受けてカットを引き受けてくれる。お客は碧と菜穂《なほ》、そして星花の三人だけ。なんとも贅沢だ。

粒の小さな雪が降っていたので傘をさし、参道に出て鳥居をめざす。

（それはそうと、髪型、変えるべきかなぁ……。いつも同じ位置でまとめてるし。何年くらいで影響が出てくるんだろう）

雪はうっすらと地面を覆っていた。積もるほどではないので、明日には消えてしまうだろう。悪天候ということもあり、参拝者は誰もいない。先月の三が日にあれだけにぎわっていたのが嘘《うそ》のようだ。

(スズさんや凜々子《りりこ》さんみたいに、下のほうで結ぶとか。雪村《ゆきむら》さんはどう思うかな)

ひたすら髪のことを考えながら歩いていると、休憩所が近づいてきた。

参拝者のためにつくられたそこは、雨よけの屋根がついた四阿《あずまや》だ。ベンチがしつらえてあり、自由に休むことができる。今日はさすがに無人だろうと思ったが、先客が座っていた。人間はひとりだけだが、あとは――

「猫だ!」

嬉《うれ》しさのあまり声を出してしまうと、先客が驚いたように顔を上げた。

くたびれてボリュームがなくなったダウンジャケットにジーンズ、スニーカーを履いた長身の少女は、先月に「ゆきうさぎ」の前で見かけた子と同じだった。ベンチの上には大きなトートバッグが置いてあるから、散歩ではなさそうだ。

四阿に近づいた碧は、おそるおそる声をかけた。

「花嶋さんの娘さん……。実柚ちゃん?」

こくりとうなずいた彼女は、一度だけ会った碧のことを憶えていた。「先月、父と一緒にいた人ですよね」と問いかけてくる。

「あの日は偶然、駅で会って。あ、わたし玉木《たまき》っていうんだけど、『ゆきうさぎ』でバイトしてるんだ。花嶋さん、お店に寄るって言うから一緒に」

「ゆきうさぎ……」

実柚の表情が動いた。父親の行きつけの店名は知っているようだ。

——そういえばあの日、彼女はなぜ「ゆきうさぎ」の前にいたのだろう？

父親を見てすぐに逃げ出してしまったから、理由はわからない。しかし実柚がそこにいたことは、単なる偶然ではないような気がした。

このまま通り過ぎることもできたが、彼女と少し話してみたくなる。六月に教育実習を控えている身としては、現役中学生とは積極的に交流したい。すでに母校の中学とは話がまとまり、内諾を受けているのだ。

傘を閉じた碧は、四阿の中に足を踏み入れた。

屋根はあるが吹きさらしなので、寒さはあまり変わらない。実柚が座るベンチでは、何匹かの猫が体を寄せ合い丸くなっていた。お互いの体温で暖をとっているのだ。残念ながら武蔵《むさし》と虎次郎《こじろう》は見当たらなかった。

「お団子みたい。可愛いね」

碧が笑いかけると、実柚も「そうですね」と微笑んだ。猫たちを挟んで、同じベンチに腰を下ろす。いくら常連の娘とはいえ、いきなりなれなれしいだろうかと不安になったが実柚の態度は変わらない。

「どこかにお出かけしてたの？」

「塾ですよ。入試が近いから、最近は土日も通ってるんです」

「ああそっか。もうそんな時期なんだね」

都内の高校の一般入試はだいたい二月に行われる。碧も志望校に合格するため、必死に勉強していたはずだが、六年も前のことだから記憶はおぼろげだ。数カ月間はそれなりに苦しんだとは思うけれど、ふり返ってみればあっという間だったとも思う。

「本命は都立？　それとも私立かな」

「都立です。あんまり偏差値の高い学校じゃないけど」

「そう……」

会話が続かず、気まずい沈黙が流れる。出会ったばかりでプライベートな話をするのは失礼だ。芸能活動について話をふろうとしたものの、たしか現在は休んでいるはず。実柚本人はあまり大っぴらにしたくないという花嶋の言葉も思い出し、口をつぐむ。

（どうしようかな。こういうときは無難に趣味の話とか？　でも嫌がる人もいるし）

あれこれ考えていると、遠い目をした実柚がぽつりと言った。

「お腹すいた……」

「え？」

「うわ、ごめんなさい。勉強でお昼ご飯のエネルギー使い果たしちゃったみたいで」

我に返った彼女は、恥ずかしそうに腹部を押さえる。たしかに長い時間、頭を使っていると、小腹が減って意識が朦朧《もうろう》としてくるものだ。

「お夕飯の時間は？　それまで我慢できる？」

「家族は親戚の法事に行きました。帰りは八時過ぎになるって。だから夕飯は好きなものを買って食べろって言われてるんですけど……」

「あ、そうなんだ。じゃあ『ゆきうさぎ』で食べたら？」

碧にとって、それはほんの軽い提案だった。

空腹は「ゆきうさぎ」で満たすのが、碧の中ではすでに常識になっていたのだ。しかし実柚は見るもあらわにうろたえはじめる。

「で、でも。小料理屋さんって中学生が行くような店じゃないでしょ？」

「普通はそうだね。昼ならともかく、夜はお酒を出してるわけだし。けど、まだはやい時間だし、大人の同行者がいれば入れると思うよ。わたしこれでも成人だから」

碧は自慢げに笑って胸を叩いた。「ゆきうさぎ」はその外観からして、大人でもひとりでは入りづらい雰囲気がある。子どもは論外で、まず近寄ろうとはしないだろう。未成年でも躊躇《ちゆうちよ》せずにやってきたのは、桜屋《さくらや》の星花と七海《ななみ》くらいだ。

(あ。昼間だったら郁馬《いくま》くんも来たっけ)

「あのお店はどっちかというと、お酒より食事を楽しむところだから。常連さんも雪村さんがつくるお料理を目当てに来る人のほうが多いんだよ」

「雪村さん？　……そうか。あの店主さん、そんな名前だったんだ」

実柚はその名を噛みしめるようにつぶやいた。嬉しそうな表情にあれ、と思う。

もしかして彼女は、大樹のことを知っているのだろうか。たずねてみたかったが、初対面で踏み込んではいけない領域のような気がして、触れることはあきらめた。

「わたし、もう一度行ってみたかったんです。あのお店に」

その言葉を聞いたとき、実柚が先月、なぜ店の前にいたのかがわかった。

彼女はたぶん、大樹に会うためにあそこにいたのだ。


「花嶋さんのお嬢さん？　いらっしゃい」

ためらう実柚の背中を押して「ゆきうさぎ」の暖簾をくぐると、大樹はいつもと同じ笑顔で迎えてくれた。開店時刻より五分はやかったので、どの席も空いている。実柚はカウンター席がよさそうな顔をしていたため、そちらに向かった。

「まさかふたりが一緒に来るとは思わなかったよ。タマは休みだろ」

「樋野神社で会ったんですよ。ほら、ときどき朱音さんにカットしてもらってるって話したじゃないですか。その帰りに」

「だから髪を下ろしてるのか。尻尾がないから一瞬、誰かと思った」

「尻尾……。たしかにポニーテールですけど」

「タマの場合は、馬じゃなくて猫だな」

それは果たして褒められているのだろうか？　判断はつかないが、大樹の表情は楽しそうだ。左手首にブレスレットのようにつけたシュシュに気づいて小さく微笑む。

ぽんぽんとはずむやりとりを、碧の隣に腰かけた実柚がじっと見つめている。

「花嶋さん――だとお父さんと混同するか。実柚ちゃん、注文は？」

「え、あ、はい！　えーっと……」

お品書きに目を通した彼女は、やがて期待に満ちた表情で顔を上げた。

「天ぷらがある！　あの、これを頼んでもいいですか」

「もちろん。今日の食材はここに書いてあるから、この中から選んで」

大樹が差し出したリストを受け取り、実柚は真剣な面持ちで吟味《ぎんみ》する。そんな様子を見ていると碧も食べたくなってきて、同じものを注文した。お客として、大樹に天ぷらを揚げてもらえるのは何カ月ぶりだろう。

「雪村さんの天ぷら、すごくおいしいよー。揚げたては格別！」

厨房をのぞくと、大樹は揚げ鍋の準備をしていた。

揚げ物専用に使っている鍋は銅製で、底が平たく深さがある。

高品質の道具は総じて値が張るけれど、使い方によっては値段以上の価値となる。腕のよい料理人の技術とかけ合わせれば、仕上がりに歴然とした差が出るのだ。それをよく知っている大樹は、調理器具に関しては出し惜しみせず予算を使う。

揚げるときに使うのは、菜種や大豆の油を精製した質のよい白絞油《しらしめゆ》。フライやコロッケなどにはオリーブオイルを使っているが、天ぷらやかき揚げはこれだった。

油が適温になると、大樹はあらかじめ下ごしらえをしていた具材を菜箸《さいばし》でつかみ、鍋の中に入れていった。カウンター席は厨房の目の前なので、鍋からあがるぱちぱちという音がよく聞こえる。油の匂いも食欲をそそった。

「おいしそう……」

実柚の視線は厨房に釘付けだ。料理は完成したときの見た目も大事だが、調理過程を見ることで、さらに魅力が上がっていく。五感をフル活用して料理を感じることができるからだと碧は思っている。

「まずはさつまいもから」

碧と実柚の前には、懐紙を敷いた陶器の角皿が置いてある。大樹は鍋から上げて油を切ったさつまいもの天ぷらをひとつずつ、お皿の上に載せた。

「熱いから気をつけて」

「いい色ですね。いただきます」

碧は斜め切りにして揚げたさつまいもに天つゆをつけ、火傷《やけど》しないよう注意しながら口に入れる。サクサクとした歯ざわりのよい衣と、ねっとり甘い芋の食感がたまらない。

食べ終わるころにはタイミングよく、次の天ぷらが揚がってくる。おかげで揚げたての熱々を楽しむことができた。

「これこれ。前に別のお店で食べたものも、衣が軽くてさっくりしてた」

目尻を下げた実柚は、不思議そうに首をかしげる。

「でも、どうして家だとうまく行かないんだろう。母がときどきつくってくれるんですけど、ぜんぜん違うんですよね。衣がはがれちゃったり、べっちゃりしたりして」

「具材に余計な水分がついてると、そういった失敗が出るかもな。揚げる前にペーパータオルか何かで水気をとっておいたほうがいい。水分が多いと油が撥ねて危ないし。あとは衣のつくりかたとか油の温度とか、細かいコツがいろいろある」

「へえー。でも家だと簡単にはいかなそう」

「誰でも家でプロ並みの天ぷらがつくれたら、料理人の面目が立たなくなるよ」

　苦笑した大樹が、続けて揚がった具材をお皿に載せる。

「だから美味い揚げ物が食べたくなったら、少し高くても専門店に行ってみるといい。店ごとにやりかたが違っても、必ず満足できるはずだから」

「そうですね。頑張ってお金を稼いで、いろんなお店の料理が食べてみたいです」

　新鮮なナスに、身が引き締まった海老《えび》。旬の若鷺《わかさぎ》もからりと揚がって、歯ごたえのある骨ごと豪快《ごうかい》に食べられた。

　春菊はあざやかな緑を保っていて、抹茶塩《まっちゃじお》をふりかけて食べるとおいしい。大樹が用意してくれた天つゆと各種つけ塩を交互に試しながら、碧と実柚は夢中になって、天ぷらを平らげていった。

「ああ幸せ。ごちそうさまでした」

「た、玉木さん。その体のどこにあれだけの天ぷらが……!?」

「これでもセーブはしてるよ？　下手すると食材食べ尽くしちゃうから」

食事を終えた碧たちは、大樹がつくった甘いおしるこを堪能《たんのう》しながら、おしゃべりに興じる。はじめは緊張していた実柚も、お腹が満たされて気持ちがほぐれたのか、表情がやわらかくなっていた。

「そっか……。ふたりとも知ってるんですね。『睦月実柚』のこと」

世間話でほどよく打ち解けたところで、話題は自然と彼女の芸能活動に移っていた。触れていいものかと迷ったが、本人は意外に落ち着いていた。大げさに騒ぎ立てられるのが嫌なだけで、誰にも知られたくないと思っているわけではないらしい。

「あの雑誌、意外に読まれてるみたいですもんね」

「それもあるけど、詳しいことは花嶋さんから聞いたんだよ」

「お父さんに？」

目をしばたたかせる彼女に、大樹は言葉を続ける。

「やっぱり娘のことだから、気になるんだろうな。大げさな自慢はしなかったけど、その道で活躍してくれたら、親としては嬉しいって言ってた。けど、いまは仕事を続けるかどうか迷っているとも聞いたな。受験もあるから心配してたよ」

「………」

しばらく何かを考えていた実柚は、静かに口を開いた。

「モデルや子役の仕事は、大変でもやり甲斐《がい》があってすごく楽しいです。小さなころはその気持ちだけで続けていけたけど、いまは——」

純粋にちやほやされた夢のような小学校時代が終わると、次に待ち受けていたのは厳しい現実だった。

長身で目を惹《ひ》く容姿を持ち、少しずつ露出が増えていった実柚は、クラスの女子や先輩に嫌われてしまったのだ。モデルの仕事をしていることが広まったときには「いい気になって」と噂《うわさ》され、男子と話せば「媚《こ》びている」と陰口を叩かれた。撮影などで学校を休んだ次の日には、持ち物を隠されたり、いたずらをされたりしたこともあったという。

「入学したばかりのわたしの態度もいけなかったんだと思う」

実柚は力なくうなだれた。

「心のどこかで思い上がってたから、それが言動に出てたのかも」

ひとたび社会に出れば、よくも悪くも目立つ者は強いリーダーになるか、周囲になじめず孤立するかのどちらかになりやすい。後者は悪い意味で注目され、出る杭《くい》は容赦《ようしゃ》なく打たれる。よほど上手に世渡りができない限り、はじかれてしまうだろう。

それは多感な年頃の子どもが集まる中学校でも同じこと。実柚は後者だったのだ。

(根底にあるのは嫉妬《しっと》、なんだろうな)

碧は大学で受けた心理学の講義を思い出す。

モデルや子役といった職業は、傍目《はため》から見れば非日常で華やかだ。普通の人には手が届かないはずの世界に、同じ学校の同じクラス——自分にとってはとても身近な女の子が所属している。それは立派に妬《ねた》みの理由となるだろう。

「それで、だんだん仕事が楽しくなくなりました」

指示された通りに動くこともむずかしくなって、評判も落ちていった。そういった不調もあり、受験を理由にしばらく休業することを決めたようだ。

「また仕事をやりたい気持ちと、すっぱり辞めて、新しい学校で普通の高校生になりたい気持ちがあるんです。だから高校は、どちらを選んでもいいようなところにして。両親は仕事を辞めたほうがよろこぶのかなって思ってたんですけど」

言葉を切った彼女は、少しの間を置いてひとりごとのように言った。

「でも、そっか。お父さんは嬉しいって言ってくれたんだ」

そこにあるのは小さな希望。いまの彼女にとって、父からのエールはきっと励みになるはずだ。

「——そうだ、実柚ちゃん」

それまで黙っていた大樹が声をあげた。裏の厨房から小さな手提げ袋を持ってくる。

「なんですかそれ、ランチバッグ？」

「花嶋さんの忘れ物。おとといだったか」

戸惑う実柚に、大樹はモスグリーンの四角いバッグを手渡した。

「中の弁当箱は洗っておいたから臭わないよ。次に来たとき返すつもりだったけど、よかったらお父さんに届けてもらえないかな？　同じ家に住んでることだし」

「わ、わたしが？」

「俺とは偶然会って、頼まれたとか言ってさ。お願いできないかな」

大樹の真意に、碧はすぐにぴんときた。彼は機会をつくろうとしているのだ。微妙な距離を保ち続ける父と娘に、会話をするための機会とその糸口を。

渡された糸を受け取るかどうかは、実柚次第。

長らく考えていた彼女は、おそるおそるランチバッグに手を伸ばした。


日々を忙しく過ごしている間に、カレンダーは三月になっていた。

休みをとっている百合《ゆり》の代わりに、今日は碧がランチタイムの担当だ。この時間帯に入るのは久しぶりだったため、戦場のような十二時台に目が回りそうになった。それでもなんとかやり遂げる。

「こんにちは！　あ、玉木さんだ」

十三時半になったとき、セーラー服に身を包んだ実柚がやってきた。

彼女の背後には、詰め襟《えり》の制服を着た少年がひとり。彼女たちの制服は、碧が通っていた中学のものだった。彼は碧と目が合うと、礼儀正しく会釈する。

「そのセーラー、わたしも着てたよ。なつかしい」

「え、じゃあ玉木さん、わたしたちの先輩ってこと？」

「ちょっと上になるけどね」

雪がちらついていたあの日から、はやいものですでにひと月。

あれ以降、実柚は何度か「ゆきうさぎ」にランチを食べに来ているという。夜担当の碧が顔を合わせたのはあのとき以来だった。はじめは店に入るまで、相当の勇気を必要としていたはずなのに、慣れると気楽になるようだ。

『――大ちゃん、忘れ物の件、気遣ってくれてどうもありがとう。実はそのとき、実柚と久々に長く話をすることができてね』

二月の終わりごろに、ひとりで飲みに来た花嶋の言葉がよみがえる。

『高校に入学したら、少しずつ仕事を再開してみるって。長期で休んだし、正直どこまでやれるかはわからないけど。それが本人の決めたことなら反対しない』

『うまく行くことを願ってますよ』

『まあ、失敗してもそれはそれでいいと思う。人生経験になるからね』

グラスをもてあそびながら、花嶋はおだやかに微笑んだ。

『倫理に反していない限り、子どもが本気で望んだことはできるだけ応援してやりたいんだ。それでつまずいたとしても、最後まで味方でありたいと思うのは、親バカなのかもしれないけど』

娘の反抗期は終わりを告げた。いまはまだ遠くても、この親子はゆっくりと歩み寄っていくのだろう。そしていつかはお互いを思いやる、素敵な関係になれるはずだ。

実柚は制服の胸元につけていたのであろう、赤い造花のコサージュを掲げてみせた。

「今日、卒業式だったんです」

「おめでとう！　高校にも合格したんだよね」

「はい。ということで、お祝いに天ぷらを食べに来ました。合格と卒業祝いを兼ねて」

「今週のお品書き、しっかりチェックしてたんだね。天ぷら定食があるって」

「ちょっと前、雪村さんから聞いたんですよ」

彼女は同級生らしき少年の腕を引いて入ってきた。テーブル席に向かい合って座る。

「ここの天ぷら、衣がサクサクでおいしいよ。ナオくんも絶対気に入るはず」

「それはそうと……。なんで俺の知らない間に常連っぽくなってんの？　このまえはひとりじゃ行けないーって泣きついてきたくせに」

(仲いいなぁ。彼氏なのかも)

少年は不機嫌だったが、本気で怒っている感じはしない。きっと実柚の気を引きたいのだろう。微笑ましく思いながら仕事をしていると、注文品ができあがった。

「お待たせしました、ご注文の天ぷら定食です」

碧は四角いお盆に載せた定食を、実柚と少年の前に置く。

一品ずつ揚げるときとは違って、定食は黒い持ち手つきの竹籠《かご》に懐紙を敷き、海老や山菜、空豆といった天ぷらを美しく盛りつけている。お茶碗《ちゃわん》によそった香り豊かなタケノコご飯とお味噌《みそ》汁、漬け物と一緒に提供していた。

「こっちが天つゆで、この仕切り皿の中は右から藻塩《もしお》、抹茶塩、それから変わり種でカレー塩。どれもいけるけど、個人的なおすすめは断然カレー塩だね。スパイシーで、これがまた意外に合うんだよ！」

「天ぷらにですか？　ほんとかなあ」

「疑うなら試してみてよ。ほかの揚げ物につけてもいいし。わたしはこのまえ……」

　高らかにカレー塩の魅力を語り続ける碧をよそに、ふたりは天ぷらに箸をつけた。

「ナオくん、どう？　おいしいでしょ！」

「……うん。思ってた以上に美味い。お代わりしたいくらい」

　それまでむすっとしていた顔が明るくなり、その後はなごやかに時が流れる。

「ふたりとも、これは『ゆきうさぎ』からのお祝い。遠慮なくどうぞ」

「いいんですか？　ありがとうございます！」

　苺《いちご》ジャムと紅茶の葉を混ぜこんだパウンドケーキは、碧と星花が一緒にレシピを考え焼いたものだ。デザートメニューに載せているそれを一切れずつサービスすると、実柚と少年は思いがけないことに驚きながらも、よろこんで平らげてくれた。

「ありがとうございました。ケーキはお祝いだから、お会計には入れてないよ」

　会計をしていると、財布から小銭を出そうとした少年が眉を寄せた。

「やば。コンタクト片方落ちた」

「ええっ、ここで？　床にあるかな」

　碧と実柚が腰を落とし、周囲の床を探し回る。ほどなくして無事に見つかったが、汚れてしまったのでもうつけられない。少年がため息をつく。

「予備のやつ、持ってくるの忘れた……。度数合わなくなってきたし、眼科行かないと」

「そういえば、ナオくんってものすごい近眼だったね。〇・一以下だっけ」

「花嶋はいいよな。ずっと一・〇なんだろ。ああ、勉強しないから目も使わないか。眼科なんてめったに行かないだろうし」

「うるさいなー。わたしだって、目の調子が悪くなるときくらいあるよ」

「――そうだな。ものもらいはちゃんと治ったのか?」

最後に聞こえてきたのは、第三者の声。口を挟んだ大樹は、何食わぬ顔で作業をしている。ぽかんとしていた実柚の表情に驚きが広がっていった。

「え、うそ。憶えていてくれたんですか?　それとも思い出した?」

「どっちだと思う?」

「それ、意地悪な言い方!　教えてくださいってば。雪村さん!」

実柚は口をとがらせたが、大樹は意味ありげに笑うだけで何も言わない。

一連のやりとりに、事情を知らない碧は首をかしげるばかり。しかし当の実柚はとても嬉しそうだ。ふたりの間に何があったというのだろう。

会計を終えたふたりを出入り口まで見送ったとき、暖簾をくぐった実柚がふり向いた。小さく手招きされ、不思議に思いながら外に出る。

「どうしたの？」

「ちょっと玉木さんに言っておきたいことがあって」

少年をその場に残したまま、彼女は碧の腕を引いて店の横へと連れていった。周囲に誰もいないことを確認してから口を開く。

「ここだけの話、わたし雪村さんのこと、はじめて会ったときから気になってました」

「え……」

「けど、玉木さんのこと知ったら無理かなって思った。だってひと目でわかるくらいに仲がいいんだもん。でもどうにかなっているわけじゃないんですよね？」

「ど、どうにかって。わたしたちは別に何も」

「だからこのまえ、雪村さんに訊《き》いてみたんです。玉木さんのこと、どう思っているんですかって」

ささやかれた言葉の威力は絶大だった。ぎょっとして声が上ずる。

「ゆ、雪村さんに直接？　その、なんて言ってた……？」

「言えません。それは人づてに知ることじゃなくて、自分でたしかめるべきですよ」

あぜんとする碧を、実柚はまっすぐ見据えた。真剣なまなざしで問いかける。

「玉木さんは？　雪村さんのこと、好きですか？」

終章　春を呼びこむ店仕舞い

支度中

三月二十三日、十四時三分。

「ごちそうさまでした。はじめて来たけどおいしかったよ。また来るね」

「お待ちしています」

最後のお客を笑顔で見送り、碧《あおい》は静かに引き戸を閉めた。

長いと思っていた春休みも後半。碧は今日も元気に「ゆきうさぎ」で働いている。

「そうだ。雪村《ゆきむら》さん聞いてください。朝ここに来るとき、そこの道端に菜の花が咲いてたんです。だんだん春っぽくなってきましたよね」

「三月も後半だしな。菜の花もいいけど、フキノトウも捨てがたい。木の芽もなかなか」

「なんの話ですか?」

「天ぷらの具材」

ずばりと答えが返ってくる。たしかに春は山菜が豊富だ。

「あとはウドにタラの芽、ワラビにヨモギ、タケノコとつくしも欠かせないし……。そうそう、アスパラも旬だった。問題はどうやって安く仕入れるかだな」

大樹《だいき》は楽しそうに声をはずませ、何やらメモを取りはじめた。

「桜、そろそろ開花しますよね」

「だいぶあたたかくなってきたし、もうじきだろうな」

「またお花見がしたいなあ。小学生のときに家族で上野《うえの》に行ったんですけど、すごくきれいで楽しかった」

「花見か。弁当が必要だな。正月の重箱を使えば……」

普段よりも少し陽気に見えるのは、ゆっくりと近づいてくる新しい季節に心が踊っているからなのかもしれない。ぴりりと冷たかった空気も日を追うごとにあたたかくなり、吹き抜けるやわらかな風の中から、春の香りがただよってくる。

「スズさんは今日、郁馬《いくま》くんと遊びに行ったんですよね？」

「潮干狩りだってさ。いいよな、アサリにハマグリ。酒蒸しかバター焼き……」

「雪村さん、もしかしてお腹《なか》がすいてるんですか？　さっきから食べ物の話ばっかり」

「それ、タマには言われたくないぞ」

「どうせわたしは食いしん坊ですよー」

他愛のない会話を交わしながら、つけていたエプロンをはずす。

大樹からお下がりでもらったこのエプロンとも、いつの間にか三年近くのつき合いになっていた。何枚も替えは持っているけれど、やはりこれは特別だ。しかし布地がすり切れてきたため、見た目の点ではそろそろ寿命なのかという気はするけれど。

（お店で使えなくなったら、家でつけよう。お気に入りだし）

洗濯するために持って帰ろうと、エプロンを丁寧にたたんだときだった。賄《まかな》いの支度をしながら、大樹が「タマ」と呼びかけてくる。

「このあと、少し時間とれるか？」

「大丈夫ですけど……」

「だったら樋野《ひの》神社あたりにでも散歩に行かないか？　天気もいいし、さっきタマが言ってた菜の花も見てみたいしさ」

嬉《うれ》しいお誘いに、碧は「行きましょう！」と即答した。

大樹が用意してくれた賄いを平らげ、片づけを終えてから、出入り口の戸を開ける。日によっては肌寒くなるときもあるが、分厚いコートやマフラーはもういらない。今日はあたたかかったので、薄手の上着だけをはおって外に出た。

「いい天気ですねえ」

「眠くなってくるな……」

ふたりで並んで歩いていると、大樹が小さなあくびをした。夜遅くまでメニューや経営について考えているから、寝不足なのかもしれない。

「帰ったら少しお昼寝してください。夜の営業もあるんだし」

「こう気候がいいと、仕込みの時間までに目が覚めそうにない気がする」

のんびり話をしているうちに、こんもりとした緑に囲まれた神社が見えてきた。鳥居をくぐって参道を進み、手水舎《ちょうずや》で身を清めてから拝殿に向かう。

石畳の参道にはところどころに猫がいた。移動していたり体を休めていたりと、思い思いにくつろいでいる。寒い冬が終わったからか、表情もどこか気が抜けていた。

武蔵《むさし》と虎次郎《こじろう》はどこに――と周囲を見回せば、二匹は拝殿の前にいた。虎次郎は賽銭箱《さいせんばこ》の下で幸せそうに眠っていて、武蔵はあろうことか賽銭箱の上で遠慮なく寝転がっている。まるで猫神様のような風格だ。

「いいのかなあ。可愛《かわい》いけど」

「武蔵らしいな」

真上の鈴を鳴らしても、武蔵は逃げることなく平然としている。

手を合わせてお参りしているとき、碧は目だけを動かし横を見た。隣に立つ大樹は目を閉じて、真剣な表情で何かを願っている。彼のことだから、きっと商売繁盛とか無病息災とか、そういったことに違いない。

『雪村さんに訊《き》いてみたんです。玉木《たまき》さんのこと、どう思っているんですかって』

先日に会った実柚《みゆ》の言葉がよみがえる。大樹はなんと答えたのか、気になってしかたがない。けれどそれは彼女の言う通り、自分でたしかめるべきことだった。

『玉木さんは？　雪村さんのこと、好きですか？』

投げられた直球。好きか嫌いかと訊かれたら、もちろん好きだと答える。けれどそういう意味ではないとわかっていたので、碧は何も答えなかった。ずっと心に秘めていた気持ちを口にした瞬間に、終わるものがあるとも思ったからだ。

それはきっと、自分たちがつくり出したこの距離感。

完成された立ち位置が心地よかったから、これで満足していた。このまま何も変わることなく、つかず離れずの関係が続けばいいと。

しかし最近は、本当にそれでいいのかと自分に問いかけることが何度かあった。都築《つづき》や実柚と出会ったことで、さらにその思いが深まった。好意を示してくれる都築に応えられないのはなぜなのか。自分の中で、答えはとっくに出ていたのだ。

人の気持ちは変わっていく。いい方向にも、悪い方向にも。だからいま、大樹が何を考え、これからどうしたいのかを知りたいと思った。そのためにはまず、嘘偽《うそいつわ》りのない自分の気持ちから伝える必要がある。

満たされた世界から、一歩を踏み出すのは怖い。でも、動かなければこの先も何ひとつ変わらないのだ。自分はそれでもいいと思っているのか。

（わたしは……）

顔を上げた碧と、武蔵の目が合った。「行け」とでも言うかのような小さい鳴き声。

お参りを終えて背を向けた大樹に、碧は思いきって声をかけた。

「あの――雪村さん！」

大樹がゆっくりとふり返る。碧は汗ばんだ手をぎゅっと握りしめた。緊張のあまり喉《のど》がからからに渇いていたが、なんとか声をふりしぼる。

「実はその、聞いてもらいたい話があって。ちょっと静かなところに行きませんか」

真剣な碧の様子で何かを察したのか、大樹の表情も自然と引き締まる。答えようとした彼が口を開きかけたとき――

「大樹？」

背後からの呼びかけに、大樹が勢いよくふり向いた。そこに立っていたのは、碧とは面識のない人。しかし大樹のほうはそうでないようだった。

なんでここに。つぶやかれた声は、これまでにない不穏な響きをはらんでいた。

小料理屋「ゆきうさぎ」
特製レシピ

親子丼

材料(4人分)

鶏肉 ………… 200g
玉ねぎ ……… 中1個
卵 …………… 8個
ごはん ……… どんぶり4杯
三つ葉 ……… 少々
粉山椒 ……… 少々

Ⓐ
出汁 ……………… 120cc
(かつおぶしを増量して濃く取るとよい)
みりん …………… 80cc
しょうゆ ………… 45cc
酒 ………………… 30cc

下準備

- ❄ Ⓐを混ぜ合わせる。
- ❄ 玉ねぎを薄切りにする。
- ❄ 鶏肉を厚さ8mmのそぎ切りにする。
- ❄ 卵を2個分ずつ割りほぐす。
- ❄ 三つ葉はざく切りに。
- ❄ どんぶり用小鍋、小フライパンなどで一人分ずつ作れるよう、材料をすべて4等分しておく。

作り方

① 鍋にⒶと玉ねぎを入れ、弱めの中火にかける。

② よく煮立ったら鶏肉を入れ、2分煮る。
（ここで煮詰め過ぎると具が塩辛くなるので、少し汁が多いと思うくらいでよい。鶏肉をそぎ切りにするのは、この時間で火を通すため）

この間に丼にごはんを盛りつける。

③ 汁が煮立っているところに卵をまんべんなく流し入れる。

④ そのまま半熟状態になるのを待ち、ごはんの上に盛りつける。

⑤ 三つ葉を飾り、好みで粉山椒をふる。

小料理屋「ゆきうさぎ」
特製レシピ

柚子釜の味噌グラタン

材料（4つ分）

柚子 …………………… 4個
小麦粉（薄力粉）………… 大さじ3
バター ………………… 大さじ2
牛乳 …………………… 300cc
（室温に戻しておく）

シュレッドタイプのとけるチーズ …. 60g
（グリュイエールチーズ、モッツァレラチーズなど）
粉チーズ ……………… 小さじ4
（パルミジャーノなど）

Ⓐ
白みそ ……. 大さじ3
みりん ……. 大さじ2
さとう ……. 大さじ1
柚子果汁 …. 大さじ2

Ⓑ
帆立貝柱 …. 6コ
エビ ……… 6尾
日本酒 …… 50cc
塩 ………… ひとつまみ

下準備

【柚子釜を作る】

① 柚子の上4分の1をフタ状に切り取る。

② 柚子が容器になるように、中身をくり抜く。

③ 取り出した中身から果汁をしぼる。

【柚子みそを作る】

① 柚子果汁以外のⒶを小鍋に入れ、弱火にかけ、混ぜる。

② さとうが溶け、全体がよく混ざったら、ツヤが出て少しこってりするまで練る。

③ 火を止めて、柚子果汁を入れ、なめらかになるまで混ぜる。

❊ エビは殻をむき、背ワタを取り、さっと洗って水気を拭く。

❊ オーブンを250℃に予熱する。

作り方

① 鍋にバターと小麦粉を入れ中火にかける。

② 木べら、またはゴムベラ（耐熱のもの）でバターと小麦粉を混ぜ合わせ、少し端が泡立つような状態で混ぜながら2分煮る。色づかないよう、火が強ければ弱めて。

③ 牛乳を少しずつ入れ、その都度よく混ぜる。

④ 全体がなめらかになったら火を止め、柚子みそを入れて混ぜる。

⑤ 小鍋にⒷを入れ、中火にかけてフタをし、2分蒸す。

⑥ 蒸したエビを2cmに切り、帆立は4等分する。

⑦ 柚子釜に⑥を入れ、④を流し込む。

⑧ とけるチーズを上に乗せ、粉チーズをかけ、バターをひとかけら（分量外）乗せる。

⑨ オーブンで10〜15分加熱し、焼き目をつける（オーブンにより焼け方が違うので様子を見ながら。オーブントースターでもよい）。

※この作品はフィクションです。実在の人物・団体・事件などにはいっさい関係ありません。

集英社オレンジ文庫をお買い上げいただき、ありがとうございます。
ご意見・ご感想をお待ちしております。

● あて先
〒101-8050　東京都千代田区一ツ橋2-5-10
集英社オレンジ文庫編集部 気付
小湊悠貴先生

ゆきうさぎのお品書き

祝い膳には天ぷらを

集英社
オレンジ文庫

2017年12月19日　第1刷発行
2019年 6 月19日　第3刷発行

著　者　小湊悠貴
発行者　北畠輝幸
発行所　株式会社集英社
〒101-8050東京都千代田区一ツ橋2-5-10
電話【編集部】03-3230-6352
【読者係】03-3230-6080
【販売部】03-3230-6393（書店専用）
印刷所　凸版印刷株式会社

※定価はカバーに表示してあります

ISBN 978-4-08-680164-5 C0193